JE PRÉFÉRERAIS
NE PAS

La collection RUE DE L'ÉCHIQUIER BD est dirigée par Nicolas Finet.

L'édition originale de ce livre a été publiée sous le titre
Lonely Planet.

12, rue du Moulin-Joly, 75011 Paris

ISBN : 978-2-37425-103-5
Dépôt légal : mars 2018

www.ruedelechiquier.net

JUSTIN WONG

JE PRÉFÉRERAIS NE PAS

Traduit du chinois par Bertrand Speller

RUE DE L'ÉCHIQUIER BD

Vous êtes viré !

C'est... à cause de mon comportement ?
Disons simplement que nous croyons que ce poste n'est pas fait pour vous.
......
Je savais que ça finirait par se voir.

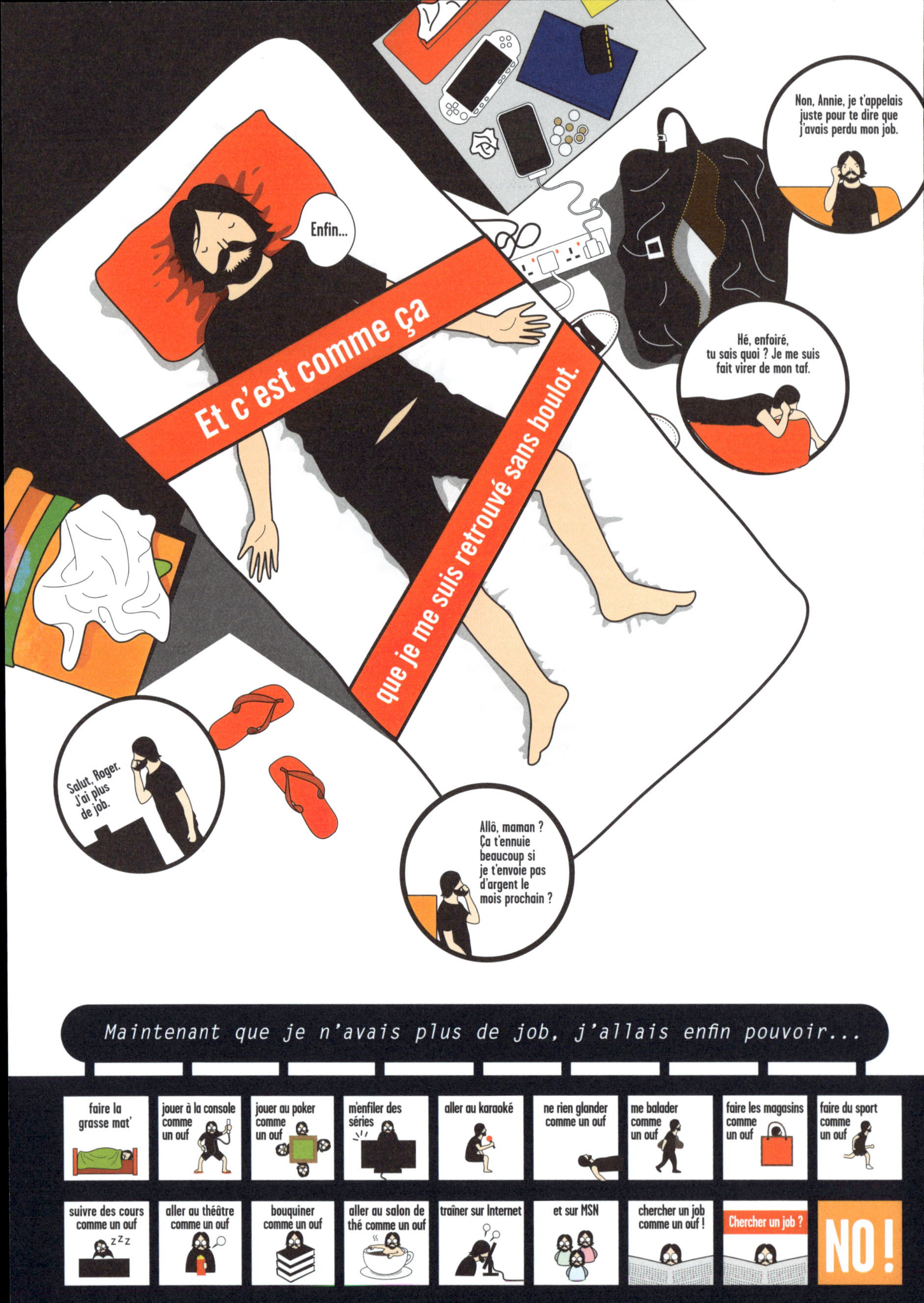
Et c'est comme ça
que je me suis retrouvé sans boulot.
Enfin...
Non, Annie, je t'appelais juste pour te dire que j'avais perdu mon job.
Hé, enfoiré, tu sais quoi ? Je me suis fait virer de mon taf.
Allô, maman ? Ça t'ennuie beaucoup si je t'envoie pas d'argent le mois prochain ?
Salut, Roger. J'ai plus de job.
Maintenant que je n'avais plus de job, j'allais enfin pouvoir...
faire la grasse mat'
jouer à la console comme un ouf
jouer au poker comme un ouf
m'enfiler des séries
aller au karaoké
ne rien glander comme un ouf
me balader comme un ouf
faire les magasins comme un ouf
faire du sport comme un ouf
suivre des cours comme un ouf
zzz
aller au théâtre comme un ouf
bouquiner comme un ouf
aller au salon de thé comme un ouf
traîner sur Internet
et sur MSN
chercher un job comme un ouf !
Chercher un job ?
NO !

BUTT,

15 ANS D'EXPÉRIENCE PROFESSIONNELLE.
CONGÉDIÉ PAR SON EMPLOYEUR DU FAIT DE SON INCONSÉQUENCE.
N'EN ÉPROUVE PAS L'OMBRE D'UN REGRET.

D'AUSSI LOIN QU'IL PUISSE SE RAPPELER, BUTT AVAIT TOUJOURS RÊVÉ DE CE MOMENT-LÀ.

Après m'être fait virer...
Inactivité
Je me suis imposé un plan d'action.
Programme d'inactivité
......
Programme d'inactivité
Certes, jusqu'à maintenant...
Programme : l'inactivité ou la mort !
ce programme ne comporte qu'un article...
Programme : l'inactivité ou la mort ! 1 : Voyager et s'éclater
SAUVEGARDER ?
SAVE
Yes !
Yes !
Yes !
Yes !
MSN
BLINK...
Dis donc, on dirait que tu te la coules douce ?
Salut Siu-yin. Ça te dirait de partir en voyage, là, maintenant ?
tac
tac
tac
Un vendredi ? T'as rien de mieux à faire ?
Y'a mon boss qui arrive, à plus. Bye !
offline
MSN
Invisible
SKYPE
online
5 new mails
Hi Hi...
5 new mails
Qu'est-ce qui pourrait être fun, comme destination ?
Ring...
Ring...
tac
tac
Googling...
« Croisière de rêve pour altesses princières... »
tac
tac
tac
facebook
1 miss call
Googling...
« Circuit premium, gastronomie et hédonisme... »
bye la...
Gmail
Googling...
Ring...
Ring...
« IL NE PEUT EN RESTER QU'UN ! Vivez une aventure inoubliable en milieu hostile... »
heya...
8 new mails
Googling...
« Visitez Là-bas-ville, forfait tout inclus »
8 new mails
Googling...
itune
9688 dollars formule billet hôtel.
2 miss calls
Googling...
itune
Profitez des charmes d'une grande capitale culturelle... »
8 new mails
2 miss calls
Googling...
itune
Roule, va pour Là-bas-ville.
facebook
tac
tac
tac
9 new mails
3 miss calls
AAAH !
J'ai oublié de recharger mon iPhone...

PROGRAMME D'INACTIVITÉ :
1re ÉTAPE

DÉPART POUR **LÀ-BAS-VILLE**

ÉQUIPEMENT DE SURVIE
POST-MODERNE

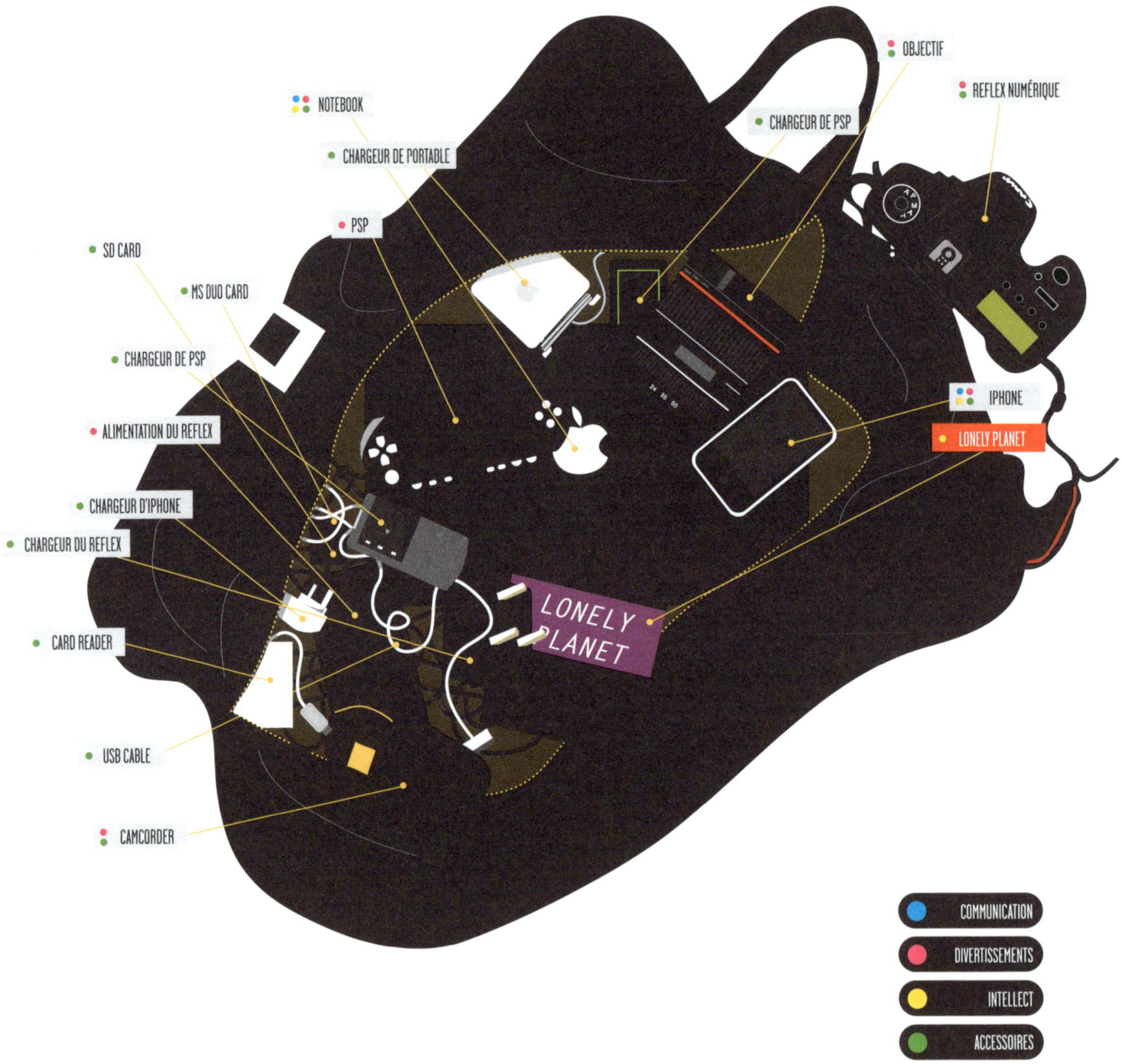

Toutes nos excuses, monsieur. Un de vos bagages s'est égaré.

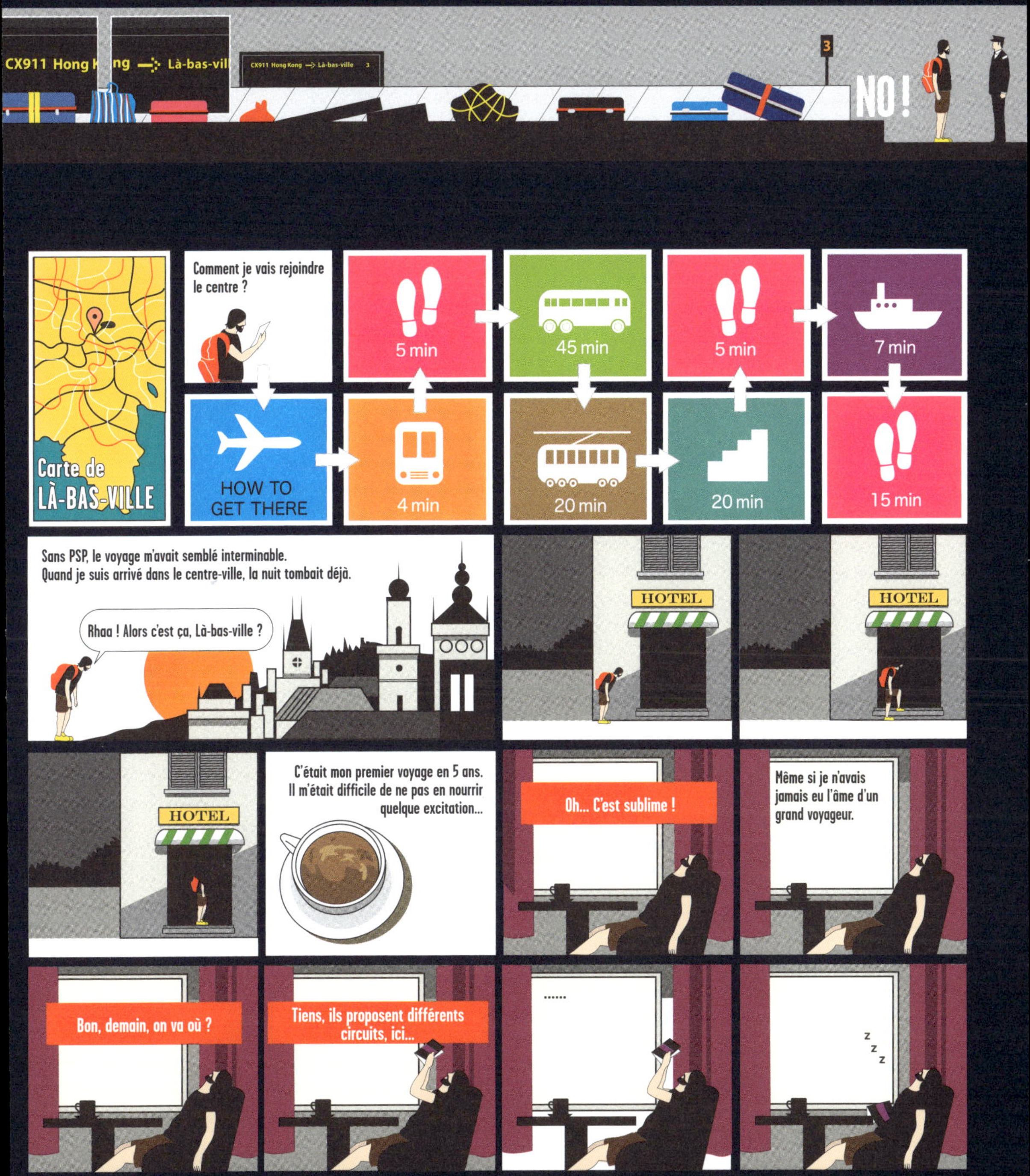

SÉJOUR TOURISTIQUE
PAR OÙ COMMENCER ?

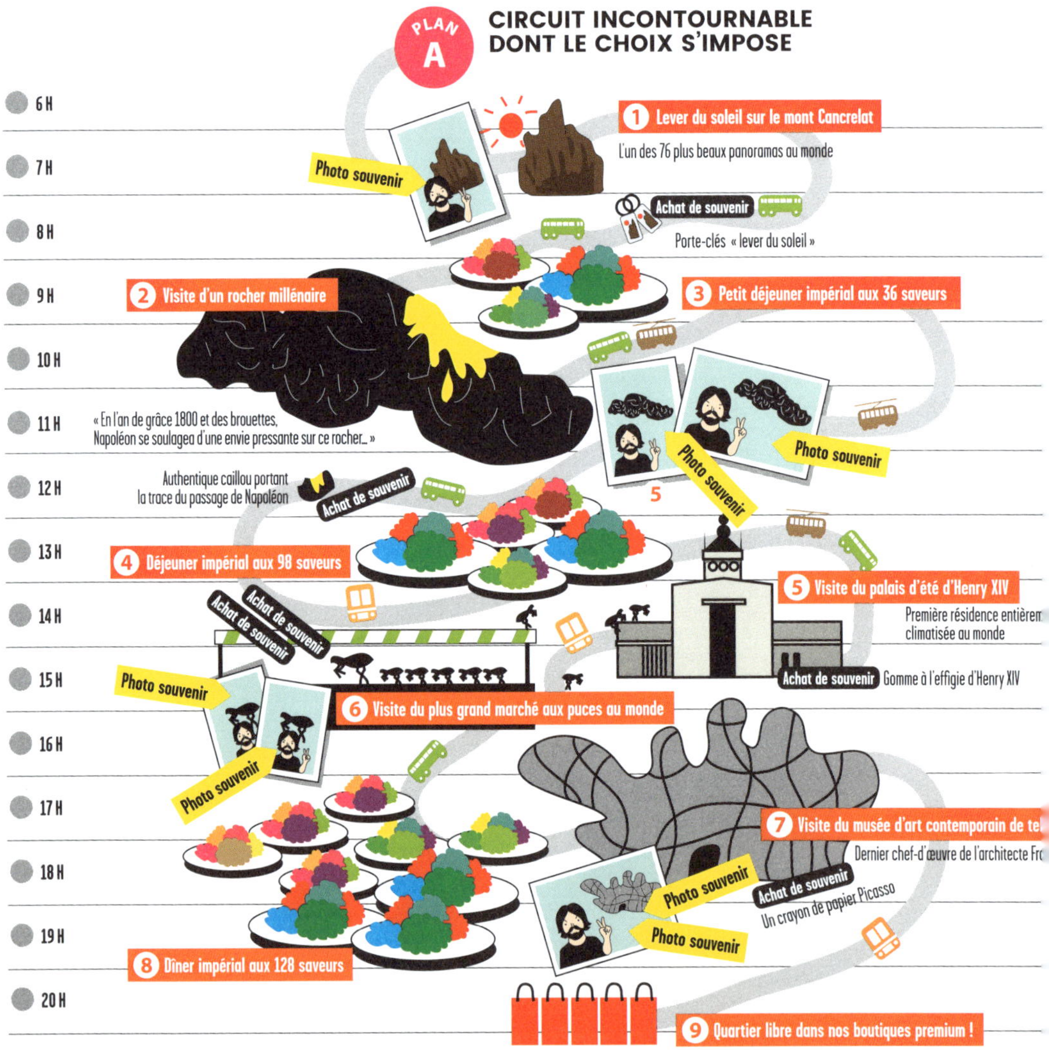

PLAN B

CIRCUIT DONT JE RÊVE AU PLUS PROFOND DE MOI, MÊME SI JE N'OSE PAS ME L'AVOUER.

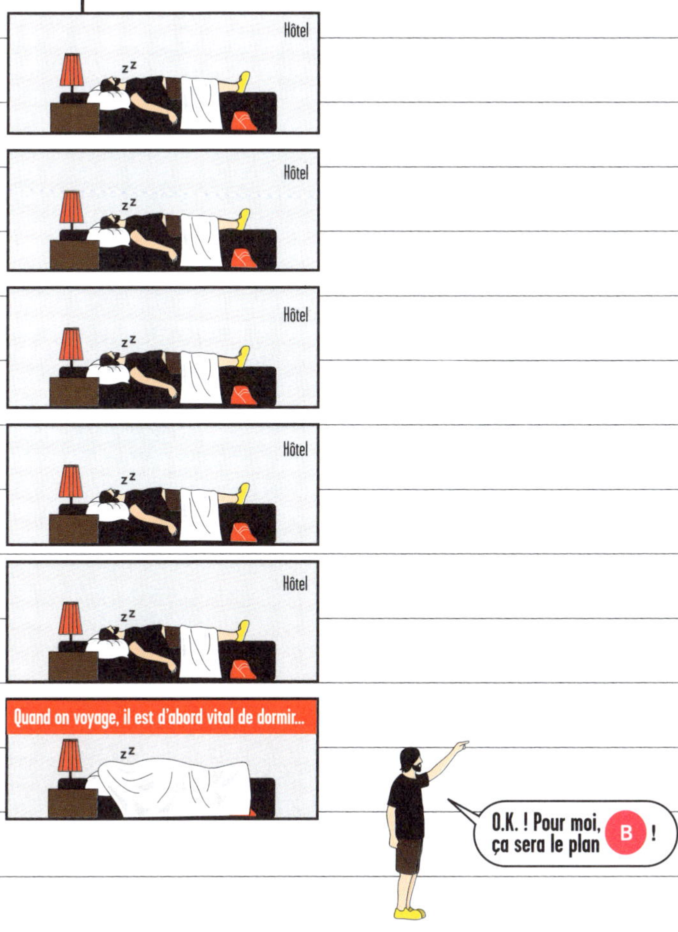

LONELY PLANET
RECOMMANDE
2e JOUR DE VOYAGE
M'EN REMETTANT AUX RECOMMANDATIONS ENTHOUSIASTES DE MON GUIDE, J'AI FINALEMENT DÉCIDÉ D'ALLER VISITER LE MUSÉE NATIONAL DE LÀ-BAS-VILLE.
Ouah !
Ouah !
Ouah !
Ouah !
Ouah !
Ouah !
Ouah !
Les musées ne m'ont jamais emballé, enparticulier ceux dans lesquels il faut dépenser 50 dollars de plus pour pouvoir admirer « la perle » de la collection.
D'ailleurs, à voir son sourire figé dans l'éternité, ne dirait-on pas qu'elle se fout de nous ?
Qu'est-ce qu'il y a, crétin ?
Tu veux ma photo ?
En fait, ce que j'ai le plus aimé, dans ce musée, c'est la trombine des visiteurs somnolant devant les œuvres exposées.
Z
Z
Z

Tss... Donc, toi aussi, tu fais juste ton job...
Ce musée ne me renvoyait finalement qu'à un spectacle très familier.
Ring ~ Ring
Allô, allô ? Oui... Allô ?
Une sonnerie d'iPhone...
Un Hongkongais, à tous les coups...
Hé, Butt !
Qui l'eût cru ? Il a fallu que dans cette ville, je me retrouve nez à nez avec JT,
un camarade de lycée que je n'avais pas vu depuis plus de 10 ans.
JT n'était pas exactement le type de personne dont j'aurais eu quelque raison de me souvenir avec nostalgie.
En tout cas, je ne peux pas dire...
que j'aie retenu grand-chose de ce qu'il m'a raconté ce jour-là.
Mais son apparition soudaine allait avoir beaucoup d'influence sur la suite des événements.
Je t'appelle sans faute.
En effet, après avoir pris sa carte de visite, j'ai quitté les lieux en toute hâte.
MUSEUM
Pour quel résultat ?
Renversé par un chauffeur qui passait par là, lui aussi, en toute hâte...
C'est encore en toute hâte...
qu'on me conduisit à un hôpital des environs.

Pff...
Qu'est-ce que je m'emmerde...
Est-ce qu'ils ont le Wi-Fi, que je puisse checker mes mails ?
No service
......

HÉ, HÉ, HÉ !
On peut dire que vous avez eu de la chance !
Certes, d'après le médecin, j'allais être sur pied au bout de deux jours. Mais c'est quand même tout mon séjour qui tombait à l'eau.
zzz
zzz
Ouah !

Depuis ma chambre, la vue était magnifique.
Les ombres à l'horizon dessinaient une architecture fantastique...
?
Ce n'est qu'à ce moment-là que j'ai réalisé que ma main était couverte de corne.
J'avais certainement trop utilisé ma souris d'ordi.
C'est dingue... Mais ?
J'ai alors aussi découvert que ma main gauche était plus grande que la droite...
Que mon pied droit était plus grand que le gauche...
et que c'était sur la jambe droite que j'avais le plus de poils.
Je sais ce que vous allez penser : examiner son système pileux quand on peut profiter d'une telle vue, ça semble un peu débile...
Un peu débile...
......
......
AAAAH !
Mais cet après-midi-là, c'est comme si j'avais redécouvert mon propre corps...
Au cours d'un voyage...
on découvre finalement toujours des trucs inattendus.
AAAAH !
Allô, JT ? C'est Butt.
J'ai été hospitalisé...

C'était un panorama dont mon guide ne parlait pas.
Il n'était possible de l'admirer que depuis l'hôpital.
Oh, mon Dieu !
J'avais bien envie de lui dire qu'il n'était pas pour rien dans ma situation...
Laisse-moi te ramener à Hong Kong.
Ne t'inquiète plus !
HOTEL
L'aéroport nous a finalement fait livrer votre bagage égaré, monsieur.
Surprenant, non ?

LE VOL RETOUR

EST TOUJOURS UN MOMENT DONT L'ORGANISATION EST CRUCIALE.

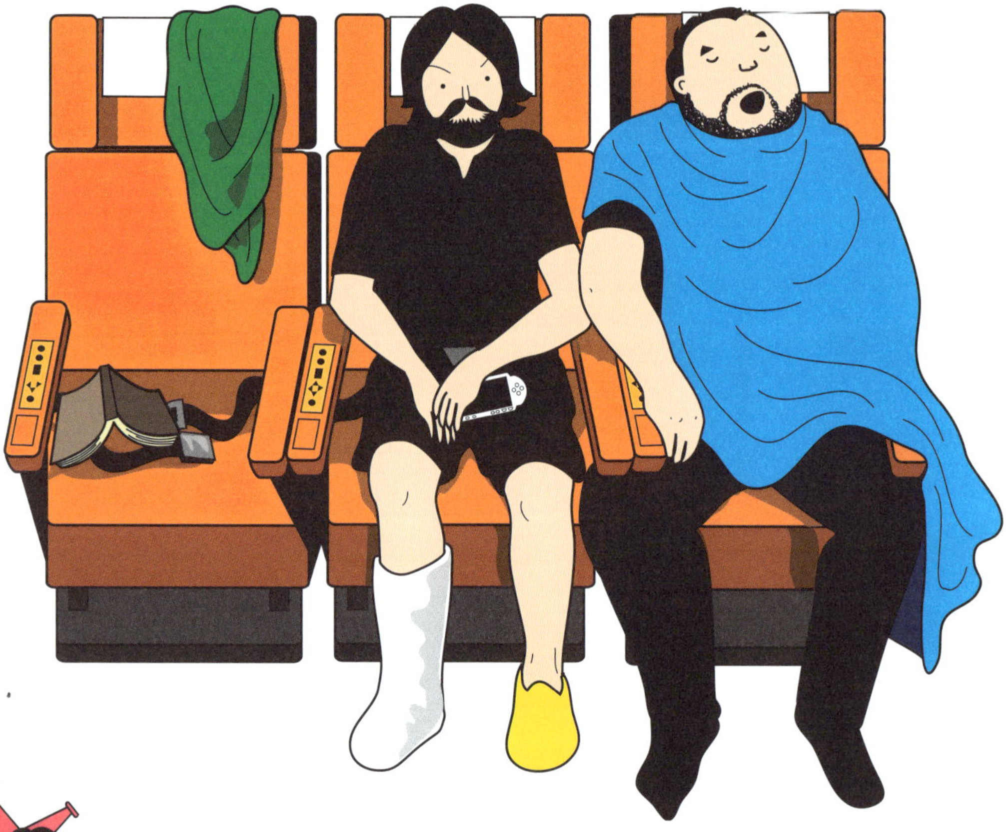

OUTRE TOUTE UNE VARIÉTÉ DE DIVERTISSEMENTS ACCOMPAGNÉS DE PLATEAUX-REPAS VISANT À TROMPER L'ENNUI...

RIEN NE M'EMPÊCHAIT, DANS MON SOMMEIL AGITÉ, DE ME REMÉMORER LES ÉPISODES INOUBLIABLES DE MON PÉRIPLE.

Pour réduire à néant cette harmonie toute relative, il a suffi d'une intrusion venue percer les frontières de mon espace.

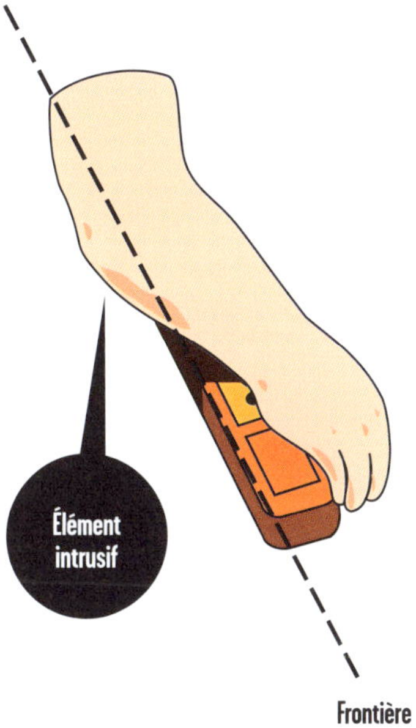

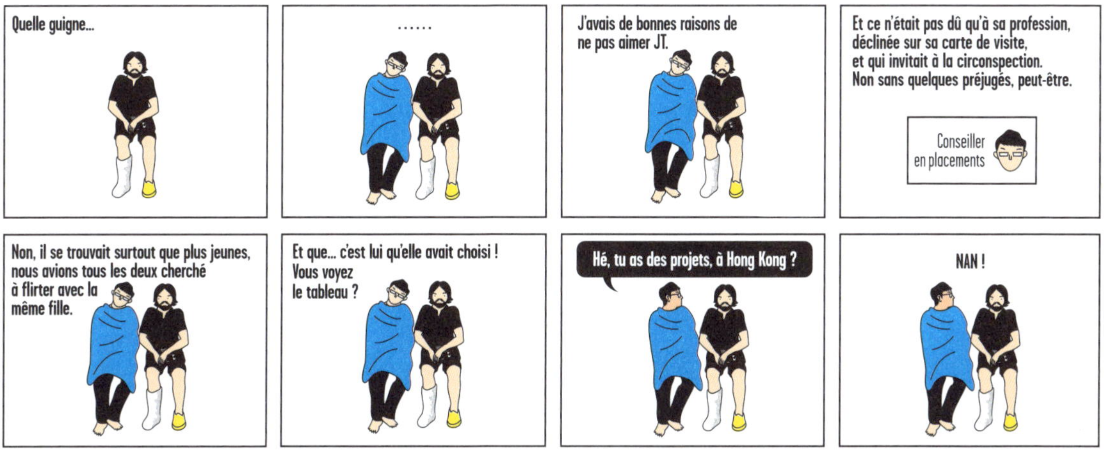

RÉAPPROPRIATION DE L'ESPACE

15 h 08
Une fois rentré à Hong Kong, suite à ma blessure au pied, j'ai observé un grand changement... dans ma perception de la vitesse.
15 h 18
LA WALALA
BANANA SHOP
A1000
BABA
MUGSON
LVVV
C'est dingue, les couleurs du feu sont plus vives qu'avant...
J'ai découvert qu'en marchant dans les rues au rythme d'une tortue, on pouvait faire plein de nouvelles découvertes.

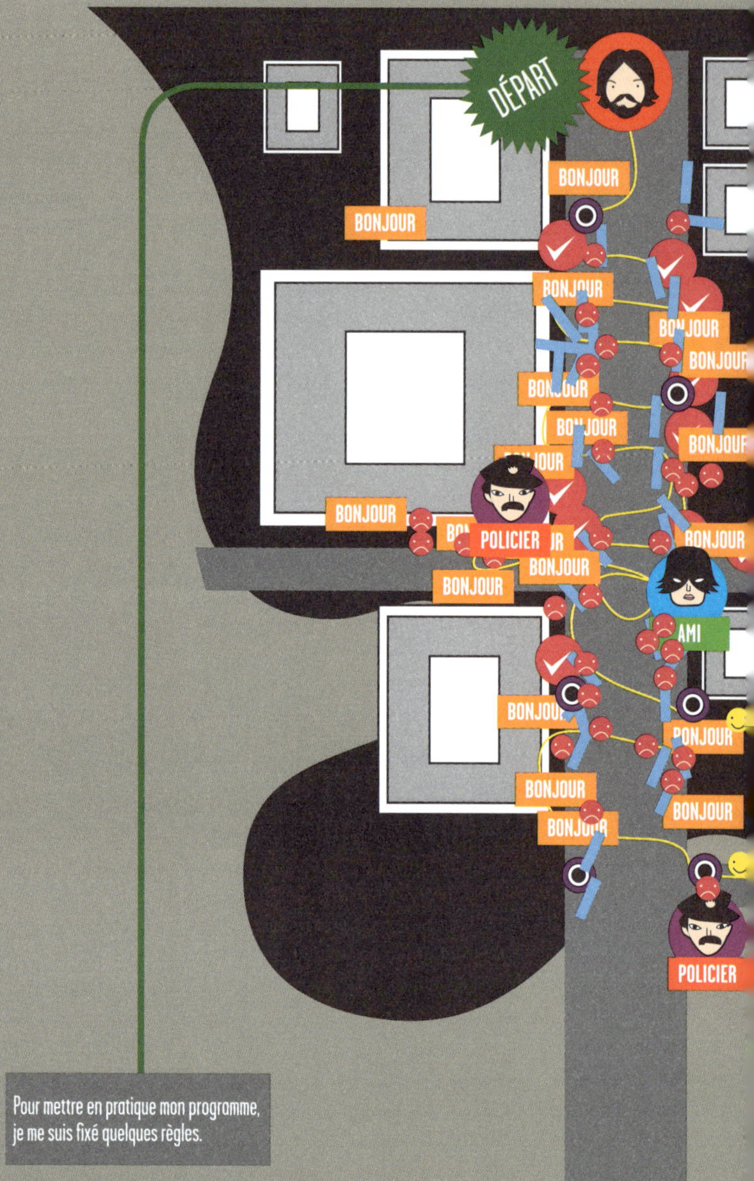

JEU DU PROMENEUR

RÈGLES DU JEU : DANS LA RUE, GRATIFIER CHAQUE INCONNU D'UN « BONJOUR ! » EN CAS DE RÉACTION, PRENDRE À DROITE. EN L'ABSENCE DE RÉACTION, CONTINUER TOUT DROIT. EN L'ABSENCE DE TOUTE RENCONTRE, DÉAMBULER À SA GUISE DANS N'IMPORTE QUELLE DIRECTION.

À LA DÉCOUVERTE DE LA VILLE

J'en ai oublié l'existence de Google Maps. En errant ainsi toute une journée, j'ai croisé deux amis, quatre agents de police, trois personnes qui ont manifesté des réactions amicales, treize qui m'ont souri, trente-six autres visiblement anxieuses, dix-neuf poubelles et trente bannières publicitaires ; j'ai salué soixante-sept personnes et j'ai pris un vent avec soixante-trois d'entre elles.

Après être passé devant les portes closes du magasin Tailin, je suis allé manger une brochette de boulettes de poisson pimentées. Pendant ce temps, à la bourse de Hong Kong, l'indice Hang Seng* plongeait de 1200 points.

J'avais un peu mal au pied, mais j'étais ravi.

*Hang Seng Index : indice de référence de la bourse de Hong Kong, équivalent local du CAC 40.

Cependant, une question commençait à me tarauder :
EST-CE QU'À LA LONGUE
On va éviter de se prendre la tête...
J'ai respiré un bon coup, sorti mon reflex...
j'ai mis mes écouteurs, fixé mon appareil sur vidéo...
et j'ai commencé à tourner un clip.
Alexandrie
Alexandra
Voiles sur les filles
Barques sur le Nil

OÙ ÊTES-VOUS MAINTENANT ?
Dans une ville dont je croyais connaître tous les recoins,
je m'étais très souvent perdu.
Mais à chaque fois, c'était pour faire de nouvelles découvertes.
JE N'ALLAIS PAS FINIR PAR M'ENNUYER ?
Je rachète vos portables.
Une question ? N'hésitez pas.
Je suis dans ta vie
Je suis dans tes bras
Alexandra
Alexandrie
......
?
?
!
SALUT !
AAAAH !

PETIT THÉÂTRE DE RUE DES FOURMIS
TOURNAGE EN PLEIN AIR

Bonjour
Je rachète vos portables.
Une question ? N'hésitez pas.
?
Vous voulez vendre votre portable ?
Hein ? Non, c'est un appareil photo.
Je prends aussi les appareils photo.
Il n'est pas à vendre.
OK
Vous attendez quelqu'un ?
Non.
J'avais juste envie de m'asseoir.
Et vous filmiez quoi, là ?
Des insectes.
Vous n'avez rien de mieux à faire ?
PAUSE
En fait... non.
PAUSE
Au fait,
je m'appelle Shrimp.
Moi, c'est Butt.

Dis-moi, combien je pourrais tirer de ce portable ?
C'est de la 3G ?
HK$ 4000
Tiens, quelqu'un vient de m'en vendre un.
Le type était tellement pressé qu'il a oublié de reprendre sa carte SIM. Un besoin urgent d'argent, certainement.
Regarde, on peut voir tous ses contacts.
Abbie Poon
Amos Poon
Andes Shek
Amma Chu
GiGi Pang
Helen Po
Jacko Lam
Jenny
Tiens ?
Jason Fook ?
Jason Fook
Surprenant. Je crois que je connais aussi un Jason Fook.
JASON FOOK
Pourrait-il s'agir de la même personne ?
Ce serait une sacrée coïncidence.
Jason Fook
99912212
Jason Fook
99912212
En fait, je n'arrivais pas à mettre un visage sur ce nom.
JASON ? Mais qui est JASON ?
Regarde, dans mon téléphone, il y a plus de 600 contacts.
T'es un malade, TOI !
632 CONTACTS
Comment pourrais-je avoir autant d'amis ?
Abbie Poon Amos Poon Andes Shek Amma Chu Betty Las Bella Yan Benny Au Yeung

DANS MON RÉPERTOIRE,

J'AI ESSAYÉ DE FAIRE LE LIEN ENTRE LES NOMS ET LES VISAGES DE MES CONTACTS, MAIS J'AI ALORS DÉCOUVERT QU'EN GUISE DE PORTRAIT, BEAUCOUP DE PROFILS N'ARBORAIENT QU'UN POINT D'INTERROGATION. JE N'AVAIS PAS LEUR PHOTO !

J'ai passé un coup de fil à ce Jason Fook, pour savoir si oui ou non il s'agissait bien d'un de mes amis.
JASON FOOK
?
Bonjour, j'aimerais parler à Jason Fook
C'est moi. Et vous êtes ?
C'est Butt ! Dis donc, ça faisait un bail !
Butt… ?
Bah oui, Butt ! Me dis pas que tu te souviens pas de moi !
Hé, hé… Non, évidemment ! Butt… Oui, je me souviens…
Comment ça va, depuis tout ce temps ? Tu bosses toujours chez…
Oui, la routine. Et toi ? Tu dois brasser, dis-moi !
Si peu… Bon, dis, je t'appelais pour savoir si tu étais sur Facebook ?
Bien sûr, t'as qu'à m'inviter. Mon compte, c'est Fook Wa.
Fau-quoi ? Ah, O.K. je vais regarder.
O.K…
Attends, j'ai un appel ! Je te fais signe un de ces quatre, on ira se boire un thé.
Ça marche. Bye !
On ne peut pas dire que la conversation ait été passionnante, mais elle m'a permis d'esquisser le portrait de Jason Fook.

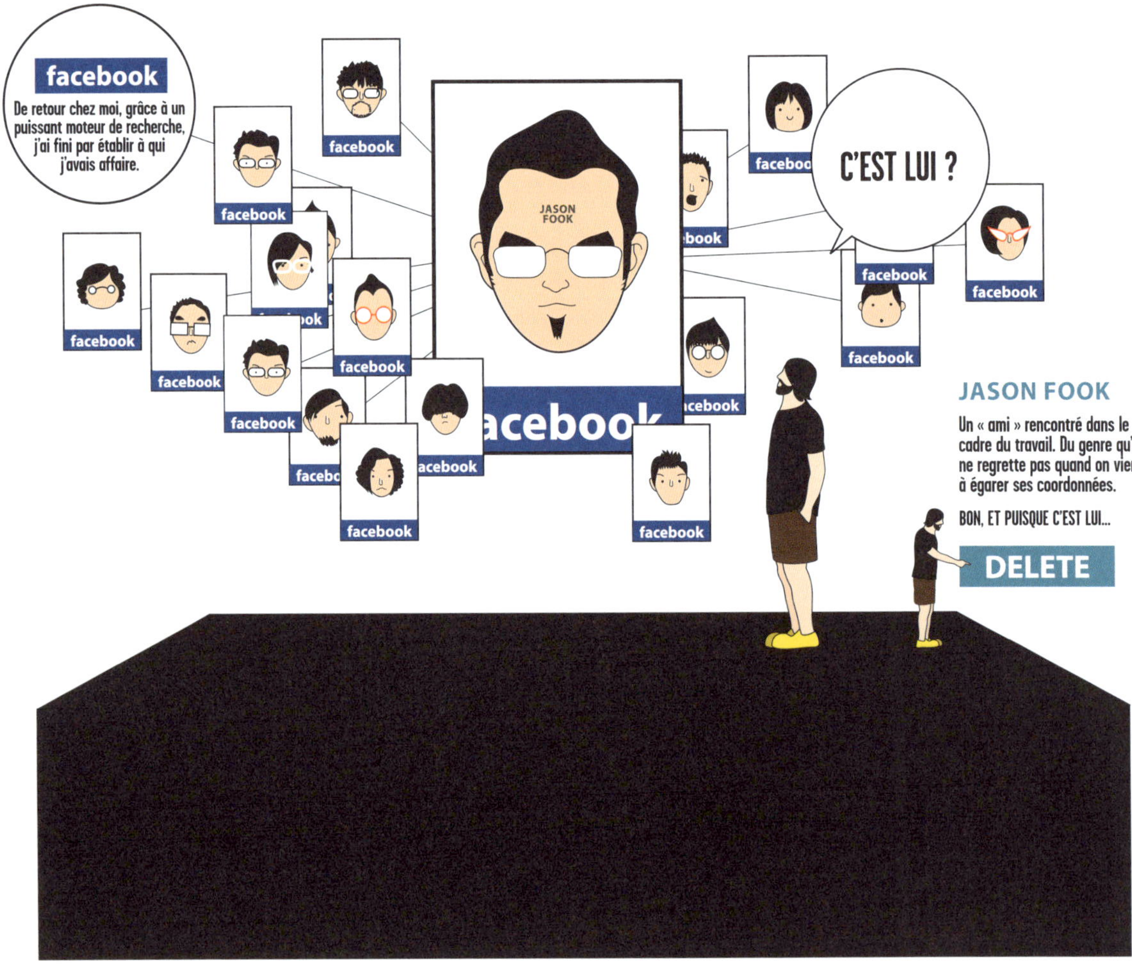
facebook
De retour chez moi, grâce à un puissant moteur de recherche, j'ai fini par établir à qui j'avais affaire.
facebook
JASON FOOK
C'EST LUI ?
JASON FOOK
Un « ami » rencontré dans le cadre du travail. Du genre qu'on ne regrette pas quand on vient à égarer ses coordonnées.
BON, ET PUISQUE C'EST LUI…
DELETE

DELETE Ce geste anodin avait agi comme un déclic sur moi. Je découvrais soudain qu'il était possible/nécessaire de DELETE une quantité innombrable de choses.
Un répertoire téléphonique
Des SMS
Des mails
Des corbeilles de mails
Des contacts MSN
Des historiques de chat MSN
Des amis sur Facebook
De vieux fichiers
Des CD-Rom sans étiquette sur mon bureau
Des VCD made in Hong Kong qui commençaient à rouiller
Des emballages de jeux vidéo
Toute une paperasse encombrant mon portefeuille
Des fringues qui n'avaient jamais été à ma taille
Des numéros de cartes
Des promesses non tenues
SANS MÊME PARLER DE L'ÉNORME NETTOYAGE QU'ON POURRAIT FAIRE DANS NOS «MÉMOIRES VIVES»
EMPTY TRASH
UNE FOIS LE MÉNAGE FAIT, EST-CE QU'ON NE SE SENTIRAIT PAS PLUS LÉGER ?

C'est quand j'ai décidé de mettre de l'ordre dans mon appart' que j'ai réalisé l'ampleur du défi qui m'attendait...
!

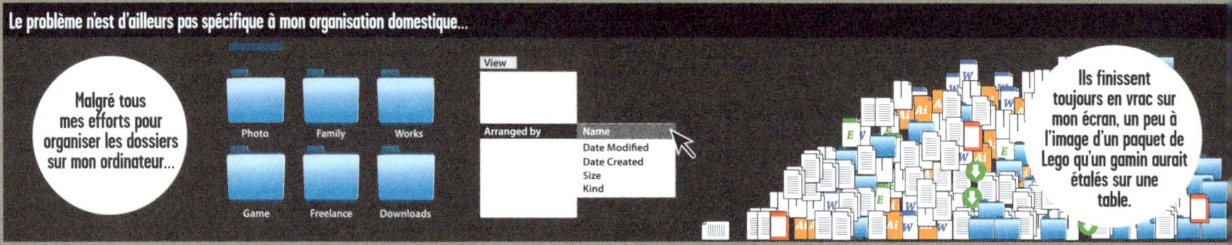
Le problème n'est d'ailleurs pas spécifique à mon organisation domestique...
Malgré tous mes efforts pour organiser les dossiers sur mon ordinateur...
Photo
Family
Works
Game
Freelance
Downloads
View
Arranged by
Name
Date Modified
Date Created
Size
Kind
Ils finissent toujours en vrac sur mon écran, un peu à l'image d'un paquet de Lego qu'un gamin aurait étalés sur une table.

S'organiser de manière cohérente est pourtant une nécessité pour quiconque souhaite appréhender sereinement son environnement. Il en va ainsi de l'organisation d'une bibliothèque...
Comment organiser ses livres de manière satisfaisante ?
En fonction de leur hauteur ?
De leur thème ?

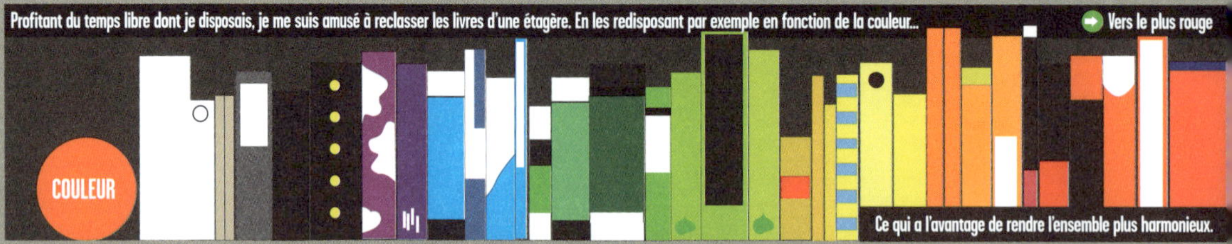
Profitant du temps libre dont je disposais, je me suis amusé à reclasser les livres d'une étagère. En les redisposant par exemple en fonction de la couleur...
Vers le plus rouge
COULEUR
Ce qui a l'avantage de rendre l'ensemble plus harmonieux.

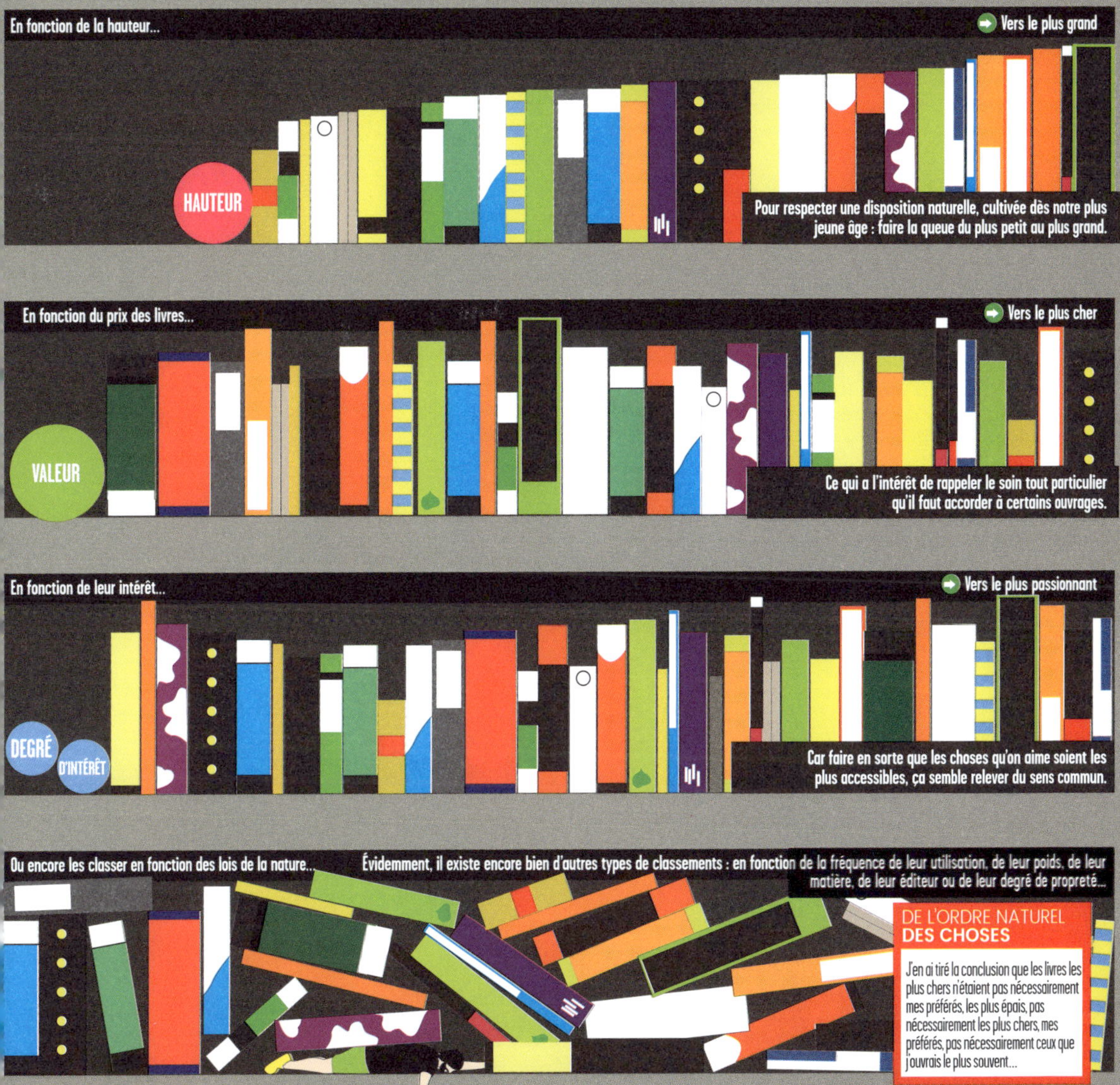

DE L'ORDRE NATUREL DES CHOSES

J'en ai tiré la conclusion que les livres les plus chers n'étaient pas nécessairement mes préférés, les plus épais, pas nécessairement les plus chers, mes préférés, pas nécessairement ceux que j'ouvrais le plus souvent...

et qu'en fonction de l'organisation qu'on lui appliquait...

UN MÊME UNIVERS POUVAIT OFFRIR DIFFÉRENTES APPARENCES.

Mais au fait...

et si je réorganisais mes contacts téléphoniques de la même manière ?

Ça fait déjà un mois
que je suis inactif…
et tout va pour le mieux.
Je reconnais que cette façon
de vivre a quelque chose de
romantique, d'extravagant…
$
Mais prendre des risques, n'est-ce
pas une question d'amour propre ?
$
……
Admirez ce paysage, dehors !
Ça vaut toujours mieux que de
passer la journée assis face à
Miss H, qui était toujours prompte
à se mettre en boule.
$
TENIR BON !
À TOUT PRIX !
Mais pour être
honnête…
$
je peine un peu
à me rassurer.
$
$
On dit que dans ces moments-là,
la meilleure chose à faire est de fermer
les yeux.
$
Et d'écouter la voix…
$
qui du fond
de notre âme,
parvient à sonder…
la vraie nature de nos angoisses.

Bien sûr, je n'ai rien entendu de tel.

MAIS UN COURT INSTANT, PLONGÉ DANS LES TÉNÈBRES, J'AI REDÉCOUVERT TOUS CES BRUITS EN ARRIÈRE-FOND QUI CONSTITUENT NOTRE ENVIRONNEMENT SONORE.

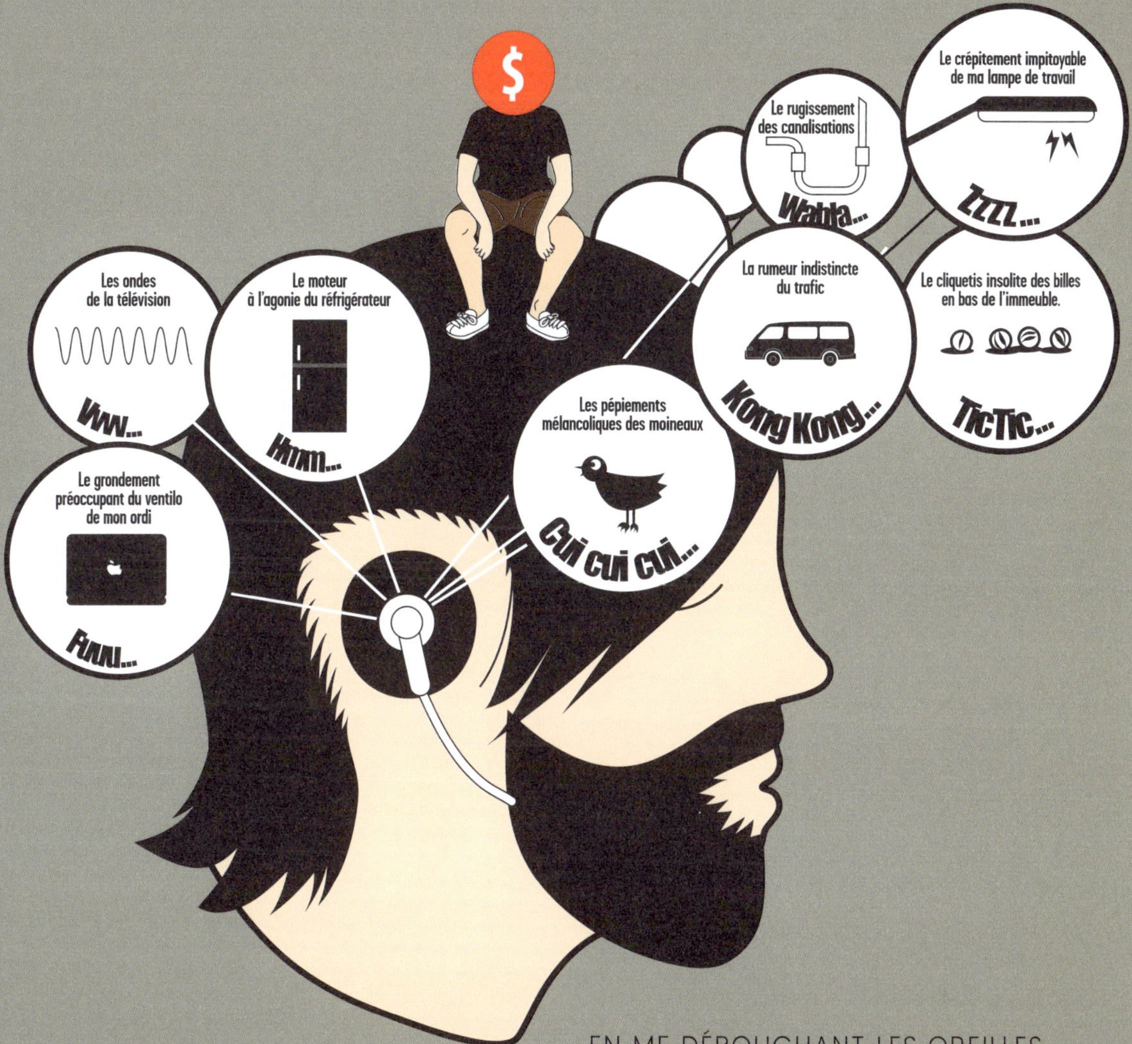

EN ME DÉBOUCHANT LES OREILLES, J'AVAIS PU PROFITER DE LEUR SYMPHONIE. ET GRATUITEMENT, ENCORE.

Ça m'a redonné un peu de courage...

10 min plus tard.
Sans pour autant empêcher qu'inévitablement...
Zzzzz......
Zzz...
Et puis, soudain...
Rrrrr...
Allô !
Le boss ?
Butt !
Bosss...
C'ÉTAIT MON ANCIEN PATRON,
GIBSON SUN
Et alors que j'hésitais à décrocher, dans ma tête, j'ai fait le tour de toutes les raisons pour lesquelles il pouvait m'appeler.
Butt !
Gibson Sun
accepter
refuser
Pourquoi il m'appelle ?
Butt, sans toi, c'est la cata...
Butt, sans toi, on n'y arrive pas !
Sans toi, les choses ne sont plus les mêmes.
Sans toi, c'est un de ces bordels...
Butt, on est sur un nouveau projet, et j'ai tout de suite pensé à toi......
Butt, ce n'est qu'après ton départ que j'ai découvert que « regret » n'était pas un mot vide de sens...
Butt, depuis que t'es parti, on est complètement paumés.
Butt, j'ai réalisé qu'au sein de la boîte, aucun de tes collègues n'avait ton niveau de compétences.
Butt... comment est-ce que je pourrais me passer de toi ?...
Butt, la réussite de cette entreprise, c'est à toi qu'on la doit.
Butt, te licencier a été la plus grande erreur de ma vie...
Butt, c'est toi qui m'as appris ce que signifiait le mot « excellence »...
Oh, Butt, je t'en prie, dis-moi que tu es toujours en vie !
Depuis que tu n'es plus là, j'ai l'impression qu'on m'a amputé d'un bras.......
Butt, je n'ai pas été digne de ta confiance...

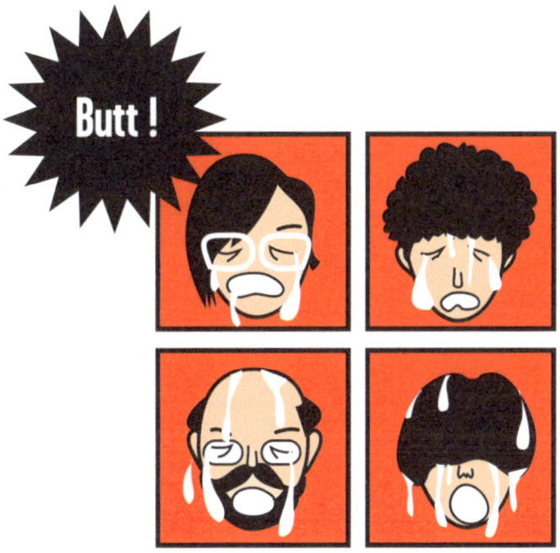

Quand j'étais enfant, j'adorais m'imaginer…

QUELLE AURAIT ÉTÉ
LA RÉACTION DES GENS
SI J'ÉTAIS SUBITEMENT MORT.

SI JE ME POSAIS CE GENRE DE QUESTIONS, C'ÉTAIT POUR LES IMAGINER…

En larmes, se lamentant sur ma disparition ?
Affligés par les regrets, se demandant pourquoi ils ne s'étaient pas montrés meilleurs à mon égard ?
Ou en train de se marteler la poitrine en criant : « Butt, reviens » ?

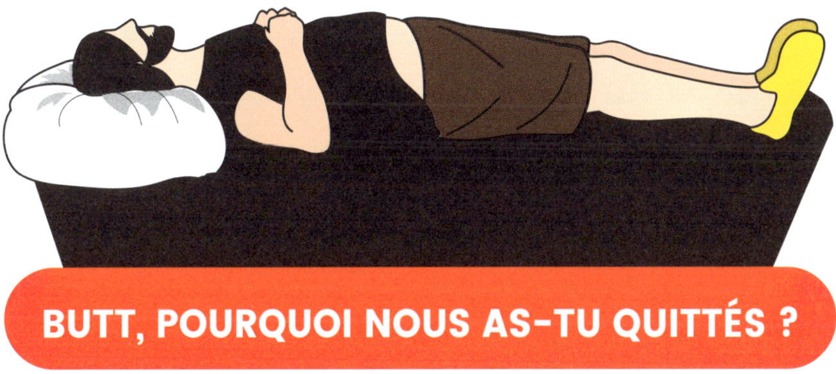

BUTT, POURQUOI NOUS AS-TU QUITTÉS ?

EN RÉALITÉ, SI JE M'IMAGINAIS CES MISES EN SCÈNE, C'ÉTAIT PEUT-ÊTRE PARCE QU'IL Y AVAIT QUELQUE CHOSE QUE JE N'ARRIVAIS PAS À M'AVOUER :

LE FAIT QUE J'AIE TELLEMENT BESOIN DE CONSIDÉRATION !

accepter
Gibson Sun
Butt, peux-tu me forwarder les documents sources du projet Y ?
J'ai oublié de les sauvegarder.
Le piège était pourtant énorme. Je n'avais rien vu venir.
Merci, Gibson. Grâce à toi, j'avais retrouvé l'univers cauchemardesque de mon ancienne boîte.
ASSEZ !!!
Après cet épisode, en tout cas, c'était certain,
je pouvais sereinement continuer à tracer la route seul.

PROGRAMME D'INACTIVITÉ : **PETITE EXPÉRIENCE**

« FAIRE UN TRUC QU'ON N'A JAMAIS FAIT » et ALLER TRAVAILLER À CENTRAL

En retournant mon armoire, j'ai retrouvé le costard que j'avais porté pour jouer les témoins au mariage d'un pote, et un vieil attaché-case que je m'étais acheté pour des entretiens d'embauche.

Avec ce look, j'avais (déjà) l'impression d'avoir décroché le rôle principal dans une *success story*.

Passer toute sa vie dans un gratte-ciel naze, dans un complet naze, des mocassins nazes aux pieds, cloué devant un bureau naze, face à un écran naze, pour faire un job tout aussi naze...

J'avais appartenu aux masses laborieuses du secteur de l'industrie du divertissement – industrie que le gouvernement hongkongais essayait désormais de booster – et rien ne m'était plus étranger que le quotidien des CSP+, un nœud de cravate passé autour du cou pendant plus de dix heures par jour.

C'était décidé, j'allais me frotter à cette autre réalité.

Prochain arrêt : Central
8:30
Allô ?
Bien sûr, j'arrive tout de suite.
Oui, je sais, la réunion va commencer.
9:45
26e étage. Merci.
Allô ?
Oui, oui. Vous avez prévenu Patrick ?
Ding
Merci, Angela Baby.
13:00
Y'a une place, là-bas !
Voyons un peu ce rapport.
J'ai réalisé que je faisais un piètre comédien.
Dans l'ascenseur où j'avais fait semblant de prendre un appel, il était en réalité impossible de capter.

Butt !

Mais excuse-moi,
il faut que je me
concentre sur mon rapport.
J'ai une réunion dans
un instant.

Après mes aventures à Central, j'ai commencé à me demander s'il n'y avait pas un peu de Superman ou de Batman en moi... À l'instar de ces super-héros, ne devais-je pas comprendre qu'au fond de moi se cachait « un autre » dont j'avais toujours ignoré l'existence ?
QUEL IMBÉCILE, OUI !
Non, j'avais juste assouvi ma curiosité, mais il était surprenant de constater qu'un costume, un discours suffisaient à laisser croire aux gens qu'ils pouvaient vous cerner et savoir à qui ils avaient affaire.
Du coup, j'ai renouvelé l'expérience, la conjuguant sous toutes les formes, pour savoir combien d'autres moi j'étais susceptible de découvrir.
ATELIER : JEU DE RÔLE
EN QUÊTE DE CET AUTRE ET DE SA RÉALITÉ, J'ALLAIS ME CHANGER...

En manut' à l'heure du thé
Deux San Miguel ! Des French toasts !
En retraité manifestant dans un parc public
EN PRISON, LES TRAÎTRES !
En directeur des ventes, sacoche à la main, déambulant dans Central.
Oui, M. Wang, vous me mettrez 300 caisses...
En agent d'entretien sur un campus
Attention, sol glissant !
En gosse beau, dans le quartier animé de Mong Kok
En journaliste réalisant un reportage à la sortie du Conseil législatif
Dites donc, la tignasse, pourquoi n'êtes-vous pas sous les verrous comme vos collègues ?
En policier habillé en civil, pendu à sa radio
Roger, roger... C'est Gilbert, vous me recevez ?
En Occidental perché au bar de l'hôtel Lan Kwai Fong
Hé, l'ami, un autre thé au citron, please...
En livreur pressé, derrière son chariot
Chaud devant !
En jeune papa, derrière sa poussette
Ne pleure pas... Tu vas la retrouver, ta maman !
En PDG lorgnant sur son prochain véhicule de fonction chez un concessionnaire
En fils à papa, admirant les voitures de sport en solde
Ou plus simplement, faire semblant d'attendre quelqu'un à Tsim Sha Tsui"
T'as pas l'impression d'être à la bourre, là ?
PSP / NDS
Faire semblant de prier à l'église...
ou de faire dans la récup' de portables usagés, en traînant une pancarte un peu frac...

GROUPE INACTIF

?
C'est encore toi ?
Tu crois que t'as l'air de quoi, là ?
Quoi ?
Mais j'ai été raisonnable pendant si longtemps, déjà. J'en ai ma claque, là...
De mon côté, je dois t'avouer que ton idée m'a pas mal travaillé...

Je me suis dit que cette rencontre inopinée avec Shrimp devait être un signe du destin. J'ai décidé de tout lui dévoiler de mon programme d'inactivité et je lui ai proposé d'y participer.
Eh beh...
LONELYPLANE

Mais sans taf, je fais comment pour bouffer ?
Bah... j'imagine que tu pourrais en quelque sorte être un membre « actif » au sein du groupe...
Un peu comme quand on entre en religion sans pour autant entrer dans les ordres.
Donc, rien ne m'empêcherait de continuer à bosser ?
Dur à dire... Ton quotidien risque de s'en trouver pas mal chamboulé.
......
O.K. !

Bienvenue, l'ami

CODE DE CONDUITE

À L'ATTENTION DES MEMBRES ACTIFS DU GROUPE INACTIF

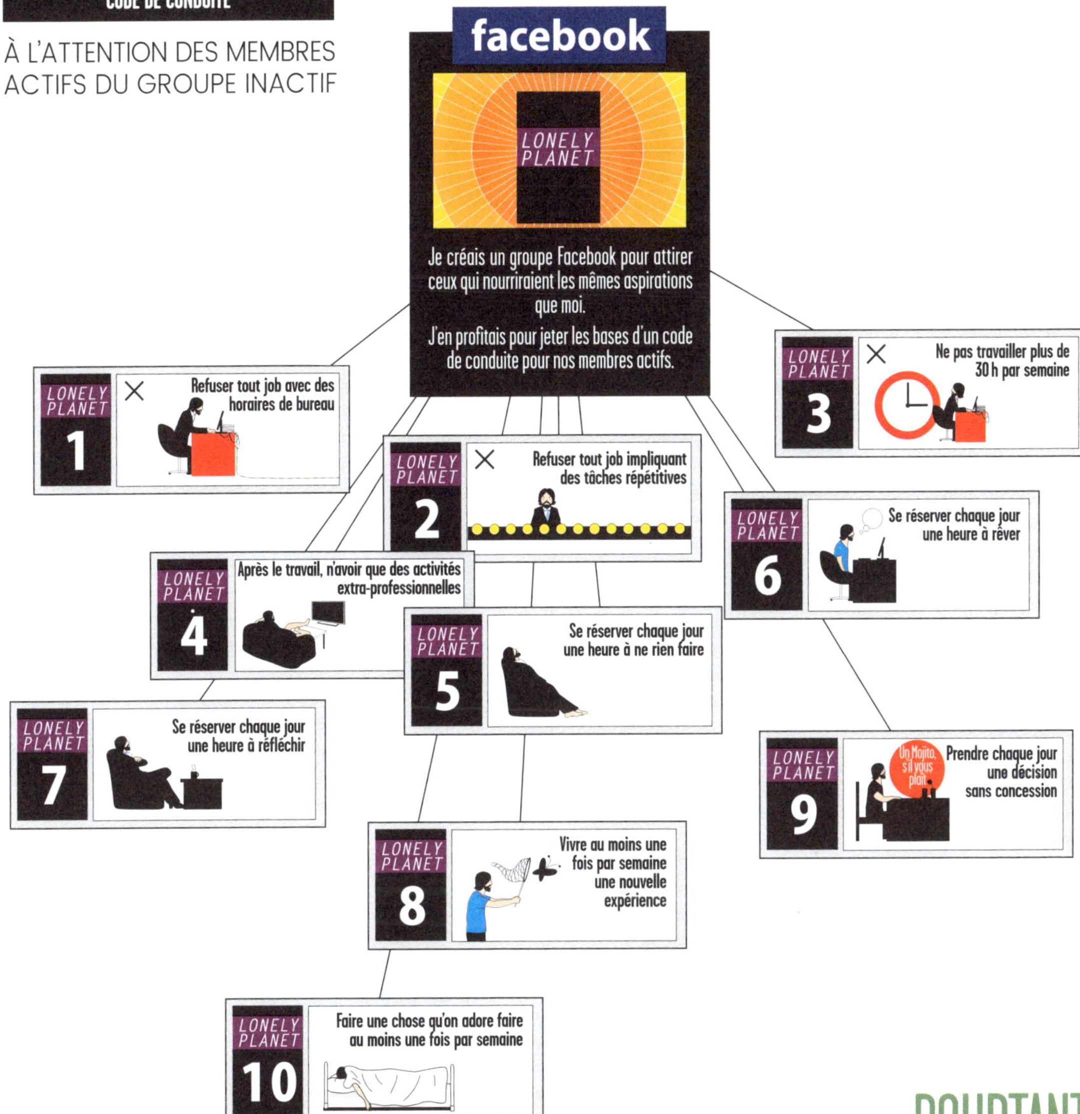

POURTANT

après deux semaines, notre groupe ne comptait toujours que deux membres.

Peut-être que les gens étaient trop occupés par leur taf pour venir faire un tour sur Facebook.

facebook

Après plusieurs semaines de recrutement intensif, notre groupe a commencé à réunir un nombre conséquent d'inactifs actifs, avec de vraies ambitions dans la vie...

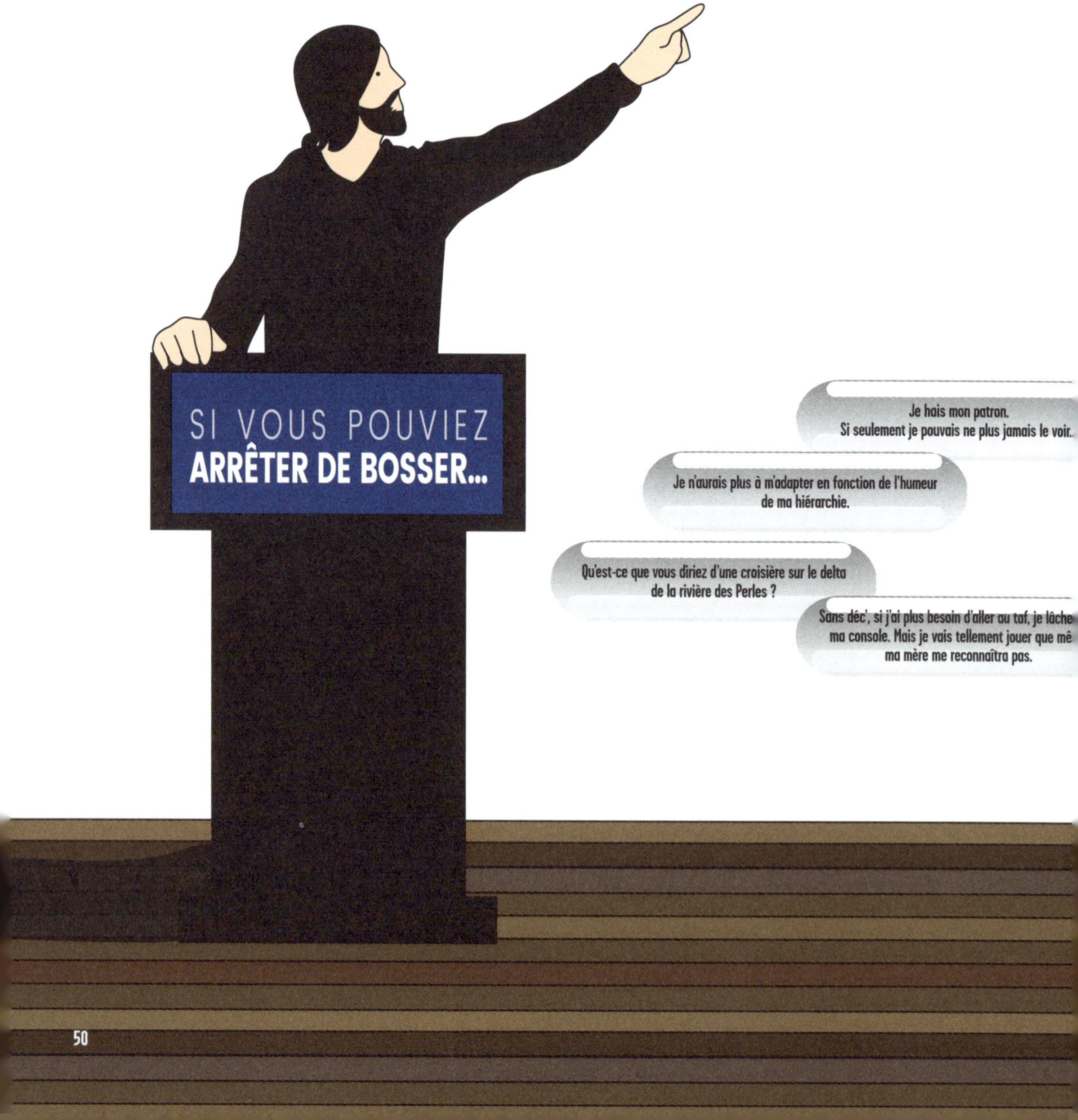

Parmi eux, on comptait des lycéens, des sans-emploi victimes de la crise financière, de jeunes désœuvrés et quelques geeks. Chacun avait eu un parcours différent, mais ce qui les rapprochait les uns des autres, c'est qu'ils nourrissaient tous clairement un même idéal : celui de ne plus bosser.

En voyant les photos de leur profil, je me suis demandé quelle bobine ils finiraient par poster le jour où, pour eux aussi, le boulot appartiendrait au passé.

SI VOUS POUVIEZ ARRÊTER DE BOSSER...

En lisant les commentaires de nos membres, j'ai vaguement eu le sentiment que les choses n'allaient pas tourner rond très longtemps.

Pour que les principes de base soient clairs pour tous, j'ai donc ouvert une foire aux questions.

LONELY PLANET

FAQ DU PROGRAMME D'INACTIVITÉ

Q Quels sont les principes du programme d'inactivité ?

R Ne plus être dominé par le travail, élaborer un mode de vie qui soit en harmonie avec les aspirations de chacun.

Q Ce programme constitue-t-il une prise de position contre le travail ?

R Non, ce programme promeut l'inactivité, il ne s'oppose pas au travail.

Q Etre inactif, est-ce que ça implique nécessairement de devoir abandonner toute rémunération ?

R Non, mais toute rémunération n'est pas nécessairement pécuniaire.

Q Combien de temps ce programme doit-il être appliqué ?

R Difficile à dire. Aussi longtemps que chacun en est capable.

Q Peut-on prétendre jouir de toutes les formes de plaisir quand on est sans activité ?

R Oui, il suffit de faire de la quête du plaisir sa nouvelle activité.

Q Et si on finit par éprouver de l'ennui ?

R Rien ne stimule davantage la créativité. N'hésitez surtout pas à vous laisser gagner par l'ennui !

Q En butte aux critiques, que puis-je faire ?

R Rien.

Q Et si je suis stigmatisé, ostracisé, marginalisé par les non-initiés ?

R Prenez cela comme un compliment et arborez un sourire bienveillant.

EXCELLENTE ANNÉE INACTIVE
À TOUS NOS MEMBRES !

facebook

Après la création de notre groupe sur Facebook, j'ai été très occupé à ajouter de nouveaux amis. Tout ce petit monde avait beau être porté par les mêmes aspirations, nous avions des raisons de craindre que très vite, le groupe ne tourne au club de rencontres ❤ ❤ ❤. Avec Shrimp, on s'est dit qu'on ne pouvait pas en rester au stade de la frime. Il était temps que notre idéal se concrétise !

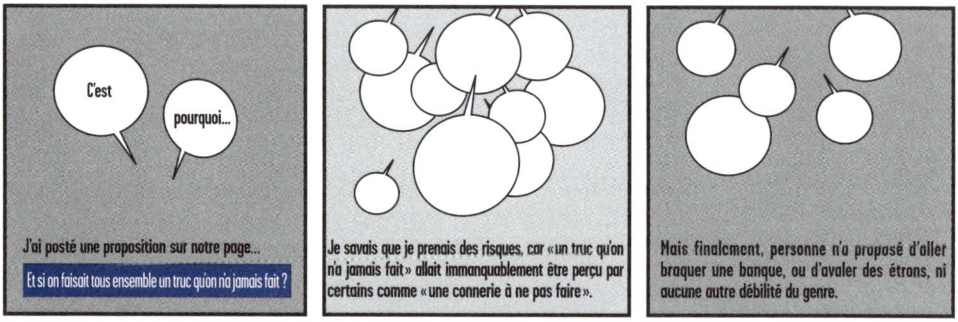

Je dois l'admettre, avec cette proposition, on était à mille lieues de ce que j'attendais. Mais en même temps, se faire un resto avec toute une bande d'inconnus pouvait avoir quelque chose d'amusant.

Peut-être cela serait-il aussi excitant que de manger un barbecue seul – perspective qui m'avait tant fait saliver, durant mon enfance…

CE QUI AVAIT ÉCHAPPÉ À TOUT LE MONDE…
c'est qu'un internaute, ça a tous les projets les plus fantastiques au monde tant que ça reste sur Internet.

Et en fait de grande réunion, autour de la marmite, il n'y a finalement eu que 3 personnes, incluant :

Je crois pouvoir dire que je l'avais pris sous mon aile. Ça faisait quelques années qu'il était diplômé, il était plein de talent et manifestait toujours beaucoup d'intérêt pour le travail. Je n'aurais jamais imaginé qu'un type comme lui se joindrait à notre groupe.
Spatule, le boulot ne t'intéresse plus ?
Écoute, Butt...
Je sais que tu as décidé de raccrocher...
mais si je suis là ce soir...
c'est dans l'espoir de t'en empêcher. Tu fais une bêtise.
Hein ? M'en empêcher ? Mais pourquoi ? Personne ne m'a embarqué dans ce groupe de force. Même la triade est hors de cause.
Butt, ce que je veux dire...
c'est qu'en fait, j'ai accepté une commande en free-lance, avec une deadline intenable.
Et si je suis là, c'est pour t'implorer de sortir de ta retraite pour m'aider !

Après avoir ingurgité ma fondue en toute hâte, je suis rentré pour retrouver...

UN UNIVERS FAMILIER

LE THÉÂTRE DES OPÉRATIONS

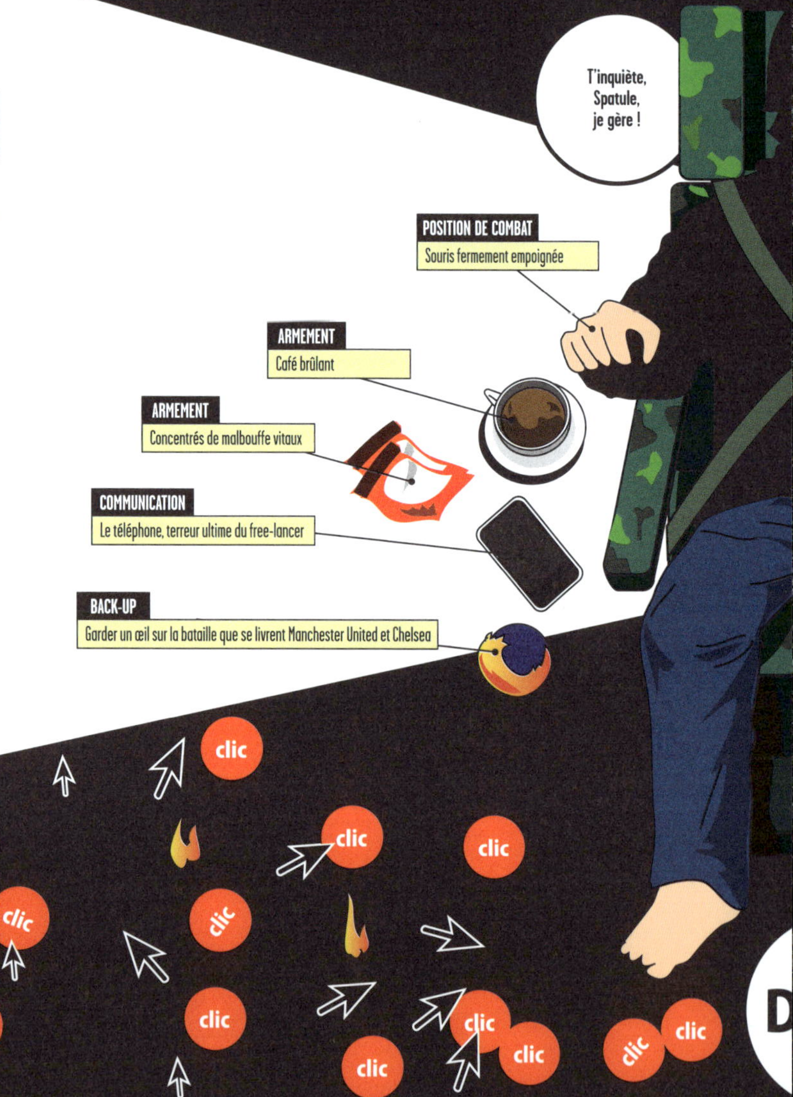

Se sacrifier, risquer sa vie au champ d'honneur, et pourquoi ? Pour un misérable dossier zip.

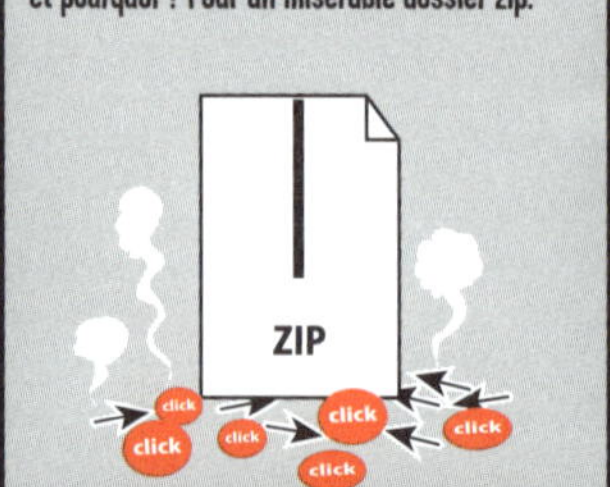

Le type de dossier zip contre lequel chaque mois, on daignait me verser un salaire de misère.

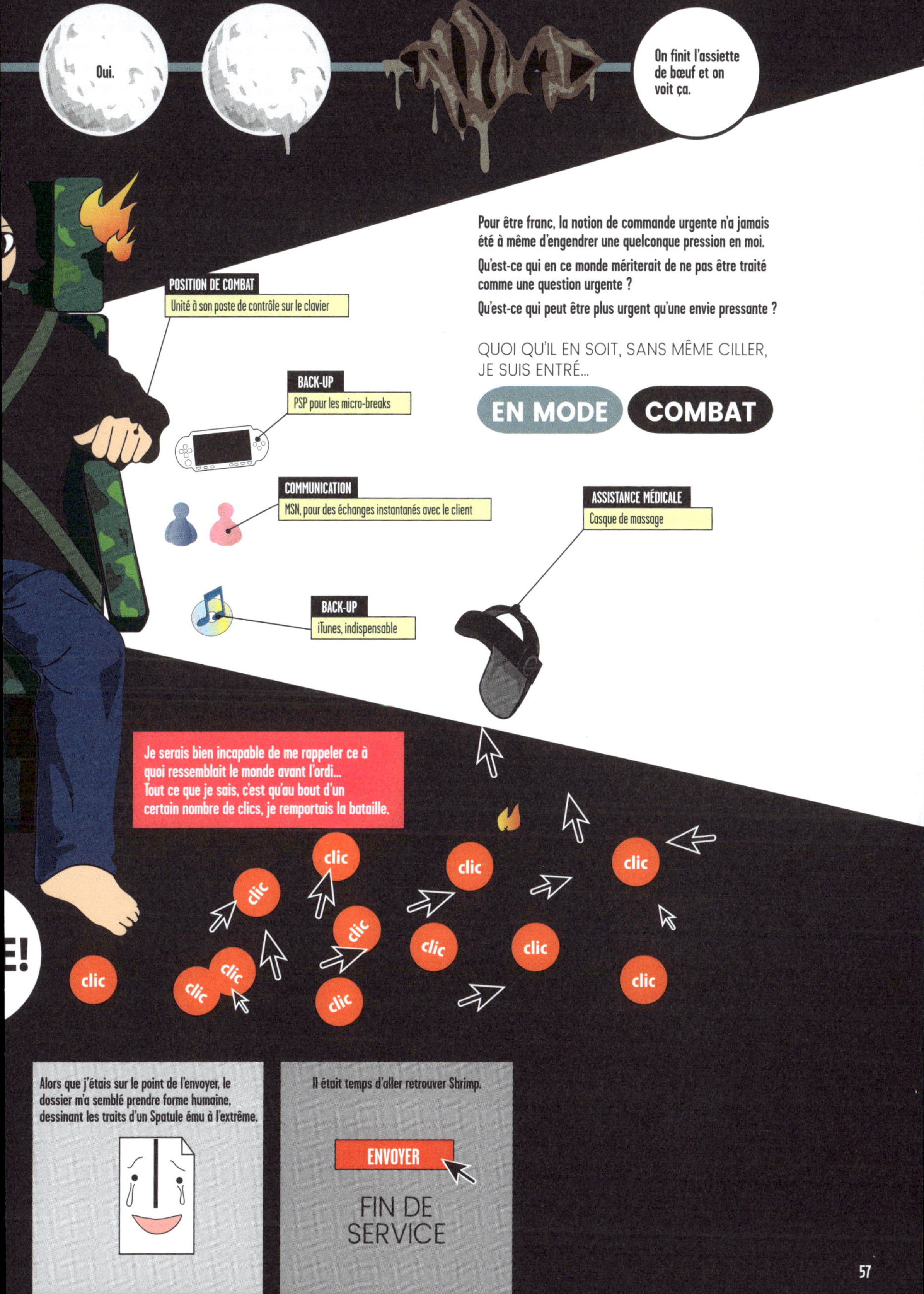
Oui.
On finit l'assiette de bœuf et on voit ça.
Pour être franc, la notion de commande urgente n'a jamais été à même d'engendrer une quelconque pression en moi.
Qu'est-ce qui en ce monde mériterait de ne pas être traité comme une question urgente ?
Qu'est-ce qui peut être plus urgent qu'une envie pressante ?
QUOI QU'IL EN SOIT, SANS MÊME CILLER, JE SUIS ENTRÉ…
EN MODE COMBAT
POSITION DE COMBAT
Unité à son poste de contrôle sur le clavier
BACK-UP
PSP pour les micro-breaks
COMMUNICATION
MSN, pour des échanges instantanés avec le client
ASSISTANCE MÉDICALE
Casque de massage
BACK-UP
iTunes, indispensable
Je serais bien incapable de me rappeler ce à quoi ressemblait le monde avant l'ordi…
Tout ce que je sais, c'est qu'au bout d'un certain nombre de clics, je remportais la bataille.
clic
clic
clic
clic
clic
clic
clic
clic
clic
clic
clic
clic
clic
Alors que j'étais sur le point de l'envoyer, le dossier m'a semblé prendre forme humaine, dessinant les traits d'un Spatule ému à l'extrême.
Il était temps d'aller retrouver Shrimp.
ENVOYER
FIN DE SERVICE

De retour du théâtre des opérations, j'ai décidé de proposer à Spatule de rejoindre le bureau exécutif de notre association.
?
LONELY PLANET
Mais devant son scepticisme, et le peu d'intérêt qu'il manifestait pour notre projet,
OBSERVATEUR
Je me suis résolu à lui proposer un simple siège d'observateur.
DANS LA VIE,
IL FAUT ÊTRE PLUS CRÉATIF !
Pour que Spatule puisse davantage comprendre notre philosophie, nous lui avons proposé de se livrer à un petit exercice de style.
TU VOIS CE QUINQUA, DEVANT NOUS ?
NOTHING IS
EXERCICE
DE NARRATION
Nous nous sommes en fait tous livrés à cette épreuve en confrontant trois récits de notre invention qui mettaient en scène ce passant innocent.
SCÉNARIO NUMÉRO 1
Peut-être qu'il s'appelle
LEE KWONG-KIU
C'EST LE GÉRANT D'UN RESTAURANT
Il a deux fils. L'aîné est en seconde, le cadet en 4e.
C'est un joueur invétéré et un coureur de jupons.
Hier, son épouse est partie, laissant derrière elle une demande de divorce.
Comme elle vient de l'apostropher au téléphone, il s'est dit qu'il touchait vraiment le fond.
Il est sorti pour acheter de la bière et noyer son chagrin.
Devant lui, il aperçoit trois *nerds* qui le toisent du regard.
Il poursuit son chemin, le cœur serré...

SCÉNARIO NUMÉRO 2

IL EST POMPISTE DANS UNE STATION-SERVICE

Il en bave depuis 25 ans, mais il a surmonté toutes les épreuves du métier, et il vient tout juste d'être élevé au rang de responsable en chef de la pompe numéro 2.

Ça fait un bail qu'il en pince secrètement pour Sau Lan, qui est à la pompe numéro 4…

et dont c'est l'anniversaire.
Du coup, il est sorti acheter une oie rôtie pour lui faire une surprise, mais là, il tombe nez à nez avec trois mecs louches qui ne le lâchent pas du regard. C'est l'angoisse.

SCÉNARIO NUMÉRO 3

IL EST À LA TÊTE DU DÉPARTEMENT CRÉA' D'UNE BOÎTE DE PUB.

Arrogant, imbu de sa personne, il aime avoir l'ascendant sur ses subordonnés. Il adore surtout leur faire des coups tordus.

Mais voilà : complètement par hasard, il est tombé sur le groupe Facebook des inactifs. Cette découverte a été une révélation. Il ne rêve plus que de simplicité et d'osmose avec la nature. Il vient de sortir pour flâner, sans but précis.

Il est en train de croiser trois lascars qui le dévisagent des pieds à la tête, et étrangement, il leur trouve quelque chose de familier.

Après une telle prestation, ça ne faisait plus aucun doute : Spatule ne pouvait que devenir un éminent membre de notre groupe.

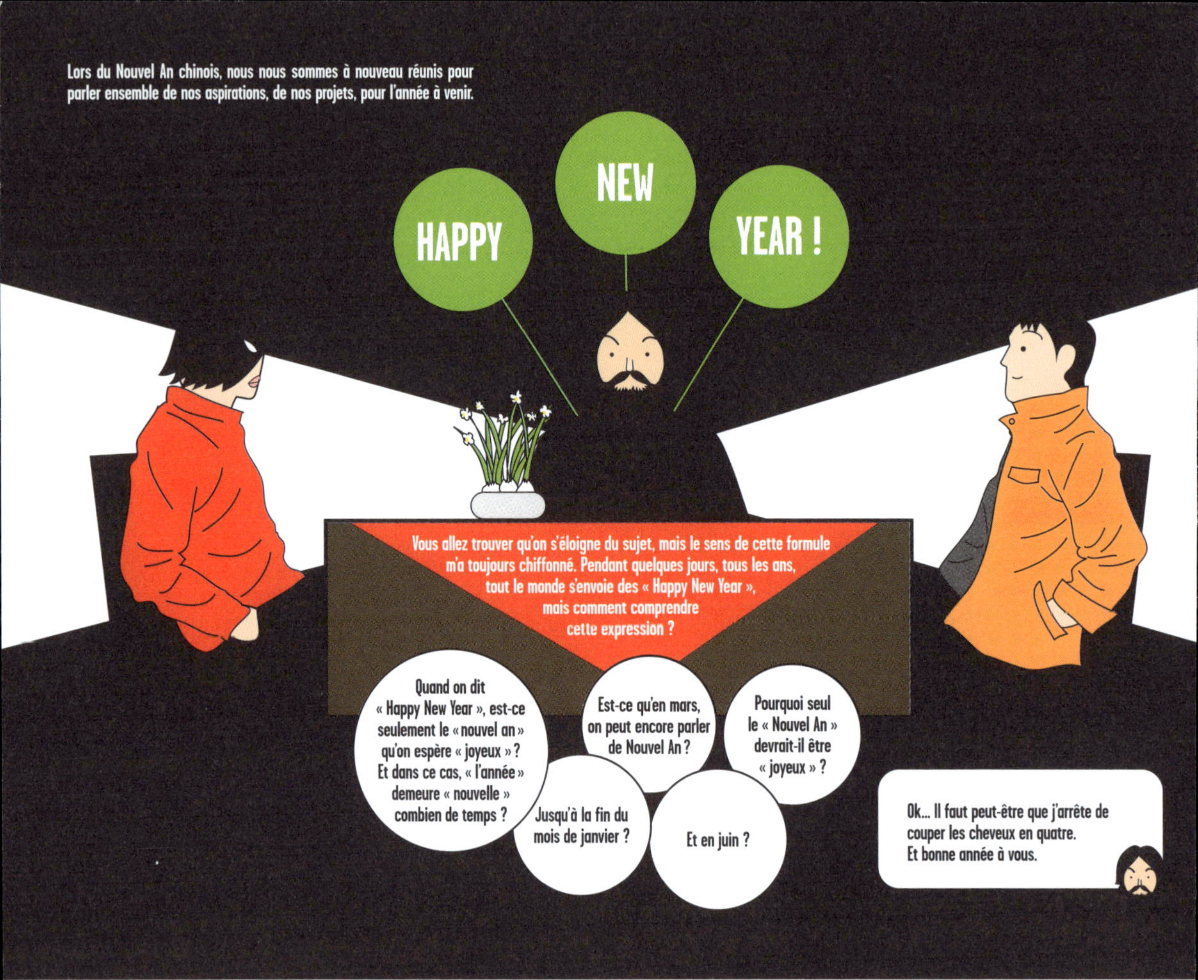

Y A-T-IL SEULEMENT UNE CHOSE QUE NOUS PUISSIONS FAIRE POUR LA PAIX DANS LE MONDE ?

Quand les autres sont partis, j'ai soudain repensé à plein de gens que j'avais croisés par le passé.

Je les avais tous enfouis au fond de ma mémoire. J'ai imprimé leurs portraits et je les ai tous déposés dans une boîte de gâteaux vide, celle que les gens vous apportent immanquablement quand ils viennent vous souhaiter une bonne année,

ET J'Y AI MIS LE FEU.

J'ai trouvé ça réconfortant, et je me suis dit... qu'un pas immense avait été réalisé en faveur de la paix mondiale.

AFFAIRES COURANTES

J'ai fini par découvrir que ces congés prolongés n'étaient pas sans influence sur ma condition physique.

ADIDAS

NI-KE
RUN
SEIKO
10:00
RUN
@
@
facebook
@

Jusqu'à maintenant, chacune de mes tentatives pour perdre du poids s'est soldée par un échec.
ÉTAPE 1
z z
ÉTAPE 2
CONSTAT
AMBITION
PROGRAMM
ACTION
Mais j'ai fini par comprendre que pour achever un projet, il fallait s'attacher à suivre chacune de ses étapes.
À force de m'examiner, j'ai aussi compris que pour venir à bout d'un projet, chaque étape devait être envisagée avec la même rigueur.
C'est pour cette raison que, récemment, j'ai pris une habitude...
celle de, tâter le gras de mon bide pour réaliser l'urgence qu'il y a à agir...
Une brioche pareille, en même temps, n'est-ce pas le signe de la maturité ?
NAAAN !

C'est sous l'impulsion de ces mises en garde à répétition que devait naître en moi une combativité que je ne me connaissais pas.
Objectif : effectuer un tour de 45 min
45 min
Courir 20 min dans un sens avant de rebrousser chemin
20 min
Brûler 350 calories
350 cal
GO !
5 min plus tard...
Réévaluation de l'objectif : faire demi-tour dans 10 min.
3 min plus tard...
Réévaluation de l'objectif : courir jusqu'au prochain lampadaire, ça sera déjà bien...
Arf... Il faut faire demi-tour...
Comme c'est beau...
Et c'est ainsi que sans même m'en rendre compte,
accompagnant le soleil dans sa course vers le couchant, je me suis remis à courir...
À un moment, j'ai même fini par ne plus savoir pourquoi.
Comme c'est beau !
Je ne pouvais qu'apprécier l'instant pour tout ce qu'il avait à m'offrir.

* Acteur asiatique qui tient notamment l'un des premiers rôles dans *Chungking Express* ou *Les Anges déchus* (Wong Kar-wai).

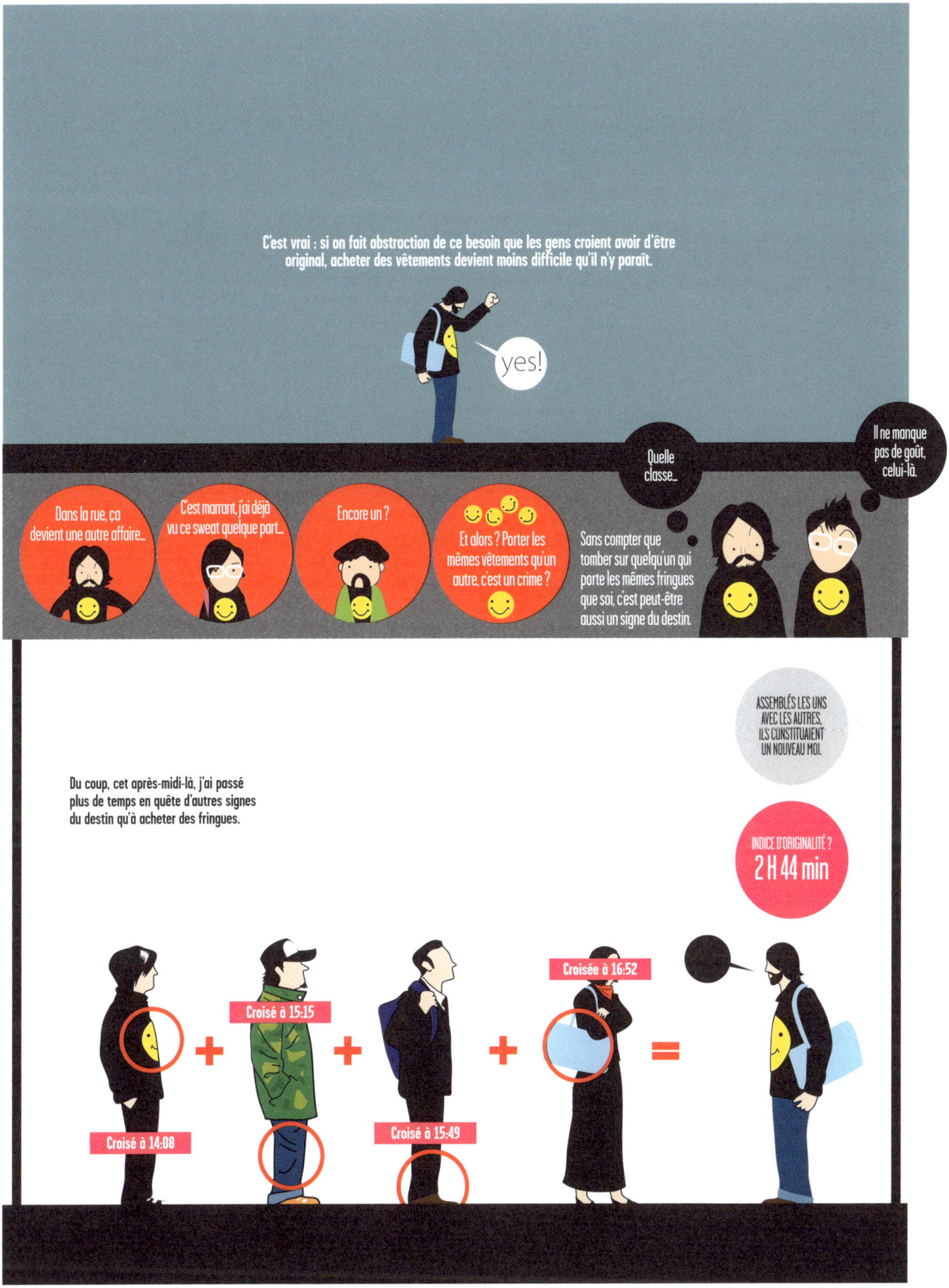
C'est vrai : si on fait abstraction de ce besoin que les gens croient avoir d'être original, acheter des vêtements devient moins difficile qu'il n'y paraît.
yes!
Dans la rue, ça devient une autre affaire...
C'est marrant, j'ai déjà vu ce sweat quelque part...
Encore un ?
Et alors ? Porter les mêmes vêtements qu'un autre, c'est un crime ?
Sans compter que tomber sur quelqu'un qui porte les mêmes fringues que soi, c'est peut-être aussi un signe du destin.
Quelle classe...
Il ne manque pas de goût, celui-là.
Du coup, cet après-midi-là, j'ai passé plus de temps en quête d'autres signes du destin qu'à acheter des fringues.
ASSEMBLÉS LES UNS AVEC LES AUTRES, ILS CONSTITUAIENT UN NOUVEAU MOI.
INDICE D'ORIGINALITÉ ? 2 H 44 min
Croisé à 14:08
Croisé à 15:15
Croisé à 15:49
Croisée à 16:52

Évidemment, sur 4 millions de résultats, seules quelques dizaines risquent de me concerner...

Mais l'autre intérêt de cette recherche, c'est de découvrir qui sont les 4 800 200 autres Butt...

APRÈS UNE ENQUÊTE APPROFONDIE, VOICI CE QUE J'AI DÉCOUVERT...

Certains résultats menaient au blog d'un certain Butt, impliqué dans une structure dédiée à la culture et à la jeunesse

Certains menaient à la page Xanga du petit univers d'un Butt aimablement naïf, vouant simultanément un culte à sa femme et à sa maman

Facebook comptait un certain nombre de Butt, parmi lesquels certains, très soucieux de leur sex-appeal, apparaissaient torse nu sur leur profil

Un Butt se trouvait être taïwanais
D'apparence honnête et bienveillante, il s'agissait d'un sympathique quinquagénaire

Un Butt s'avéra être un chat
Quoiqu'à l'observer, on aurait plutôt cru avoir affaire à un chien.

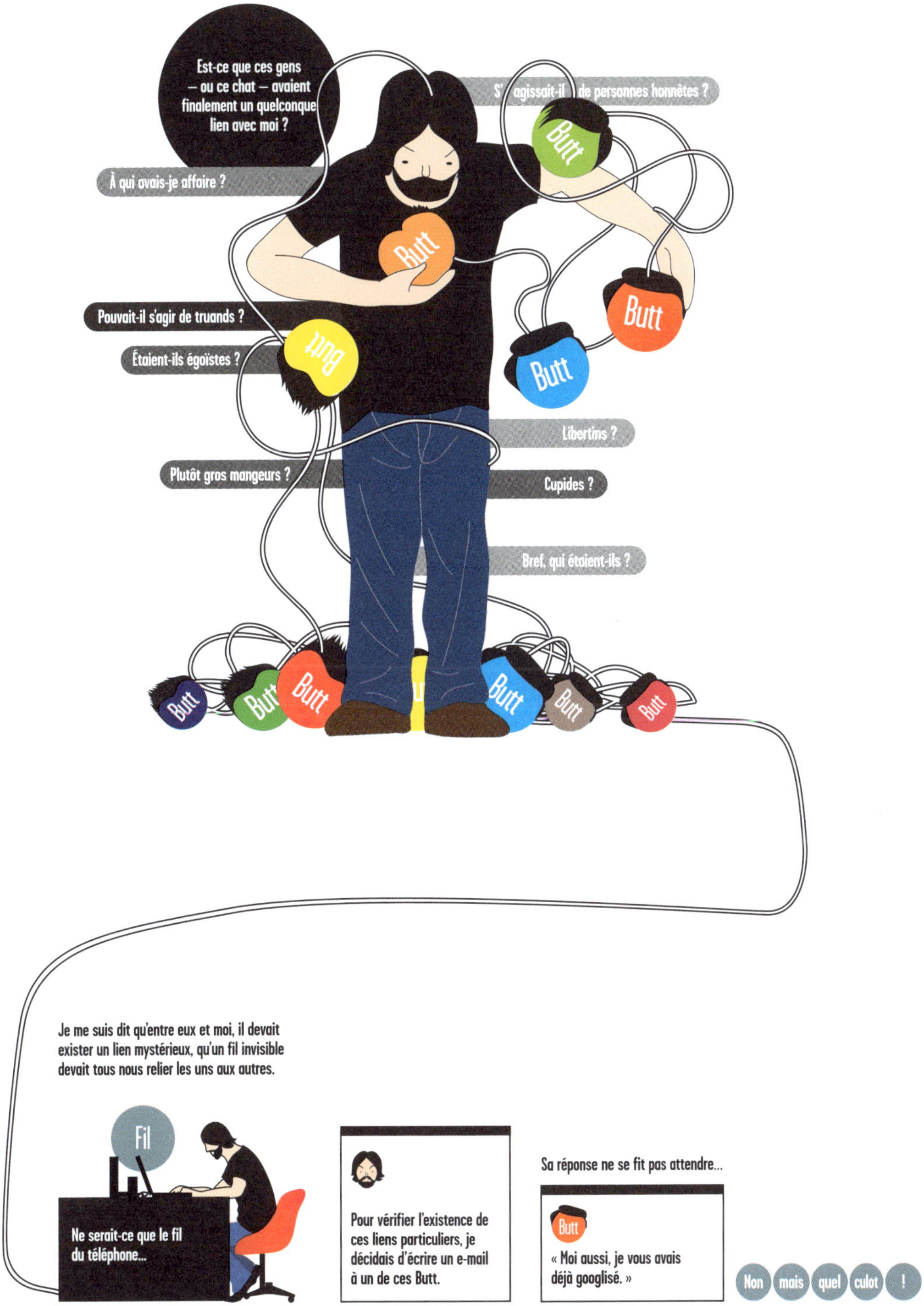
Est-ce que ces gens – ou ce chat – avaient finalement un quelconque lien avec moi ?
À qui avais-je affaire ?
S'agissait-il de personnes honnêtes ?
Butt
Butt
Pouvait-il s'agir de truands ?
Étaient-ils égoïstes ?
Butt
Butt
Butt
Libertins ?
Plutôt gros mangeurs ?
Cupides ?
Bref, qui étaient-ils ?
Butt
Butt
Butt
Butt
Butt
Butt
Je me suis dit qu'entre eux et moi, il devait exister un lien mystérieux, qu'un fil invisible devait tous nous relier les uns aux autres.
Fil
Ne serait-ce que le fil du téléphone...
Pour vérifier l'existence de ces liens particuliers, je décidais d'écrire un e-mail à un de ces Butt.
Sa réponse ne se fit pas attendre...
Butt
« Moi aussi, je vous avais déjà googlisé. »
Non mais quel culot !

Il y a quelque temps, Facebook a vu naître une petite mode : si vous étiez tagué par quelqu'un, vous deviez déclarer 25 vérités vous concernant.

Au début, ça m'a paru complètement naze. Je ne comprenais même pas en quoi ça pouvait amuser les gens. Mais poussé par la curiosité, j'ai fini par me prêter à ce petit jeu.

Je le sais, ce petit jeu n'a d'autre but que de braquer les projecteurs sur nos différences.

Mais à trop chercher à nous distinguer les uns des autres, nous tendons à rendre le monde plus égoïste.

En écrivant ces 25 vérités sur moi, j'ai *a contrario* cherché à décrire ce qui me rend semblable aux autres.

Et à mon avis, ça a plus de sens quand on cherche à construire les bases d'une relation.

Une fois mes 25 vérités publiées, en tout cas, la réaction de mes contacts ne s'est pas fait attendre…

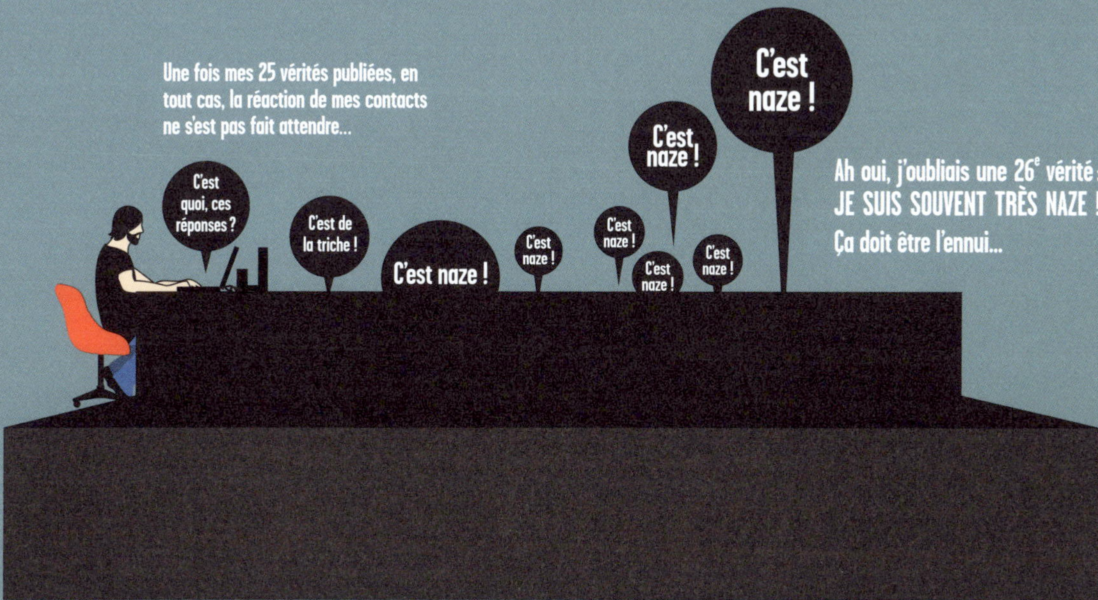

Ah oui, j'oubliais une 26e vérité :
JE SUIS SOUVENT TRÈS NAZE !
Ça doit être l'ennui…

Quand l'ennui me gagne, justement...

ENSUITE, J'IMAGINE QUE

MA TÊTE EST UNE CAMÉRA

MES YEUX FAISANT ÉVIDEMMENT OFFICE **D'OBJECTIF**

ME VOILÀ PARÉ
POUR RÉALISER
MON CLIP VIDEO

Avec une fréquence qui dépend des individus, nous sommes tous confrontés à la nécessité de mettre un peu d'ordre chez nous et dans notre vie.

Quand revient la saison de ce genre de festivités, on fait immanquablement quelques petites découvertes.

Et cette fois, je suis retombé sur...

MES PROJETS LAISSÉS EN PLAN

Vous savez, tous ces trucs qu'on s'était promis de faire, avec enthousiasme d'ailleurs à l'origine, et que, pour toutes les meilleures raisons du monde, on a systématiquement reportés au lendemain.

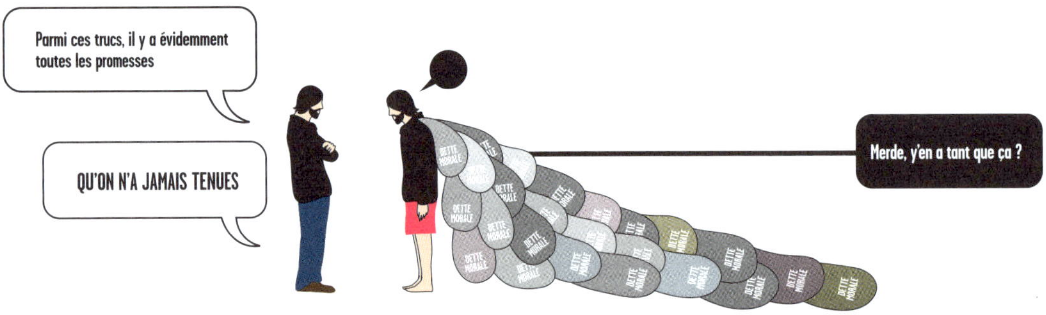

C'est toujours avec plein de bonne volonté qu'on se lance dans de nouveaux projets, mais, prétexte oblige, il ne faut pas bien longtemps pour que toute motivation s'évanouisse.

Et ces projets resteront autant d'histoires que je n'aurai pas écrites.

CES HISTOIRES, PUIS-JE LEUR REDONNER VIE, AUJOURD'HUI ?

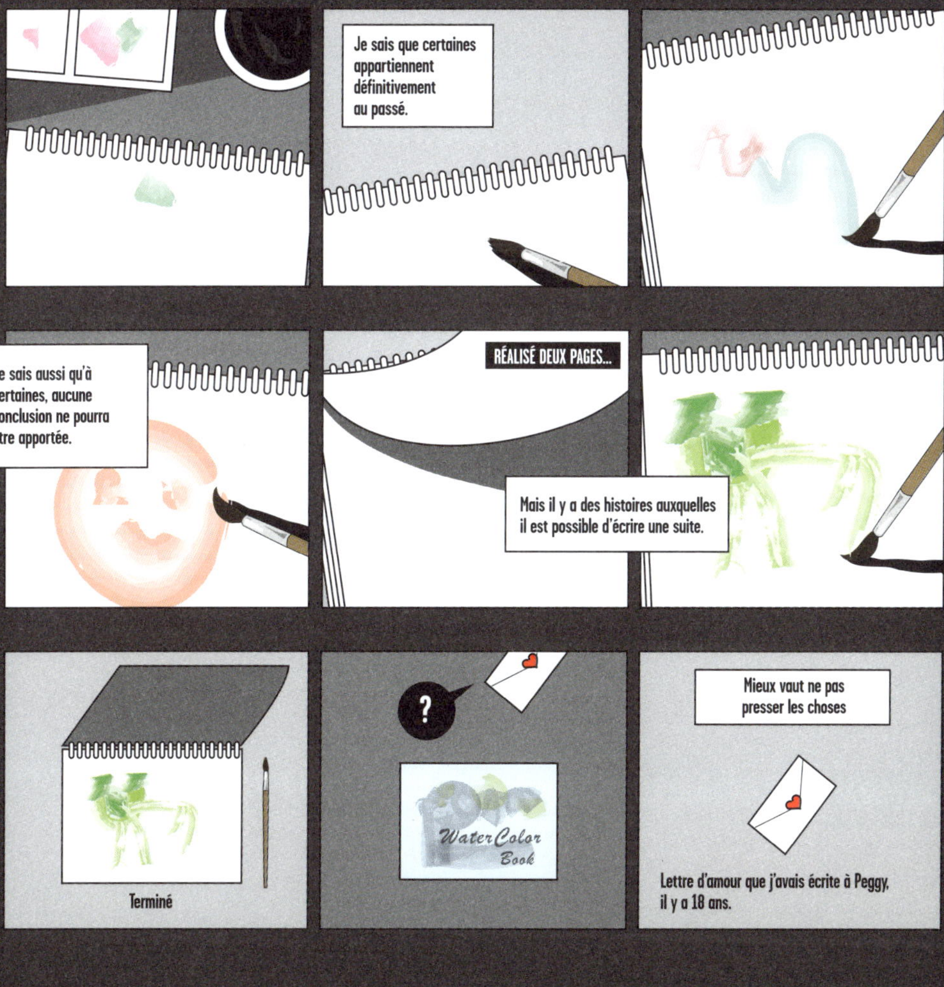

J'ai toujours été bluffé par les accros au **D I Y**

Il n'y a pas que leurs compétences techniques et leur patience qui forcent le respect ; ce que j'admire surtout, c'est leur capacité à résister à l'emprise de la consommation de masse, et à tous ses produits uniformisés.

SAVOIR VIVRE, C'EST PEUT-ÊTRE D'ABORD SAVOIR SE DÉMARQUER

Depuis mon enfance, mon seul exploit assimilable à une tentative de DIY est d'avoir grimé des chaussures de toile blanches en Adidas - édition limitée - au stylo bille.

Le procédé pouvait sembler un peu grossier, mais je parvenais ainsi à transformer des chaussures sans âme en baskets époustouflantes...

UN MODÈLE GRIFFÉ ET UNIQUE !

En tout état de cause, du fait des récents chamboulements, une réflexion sur la customisation de mon quotidien et de mon intérieur s'imposait de nouveau à moi.

IL FALLAIT QUE J'IMPRIME MA TRACE

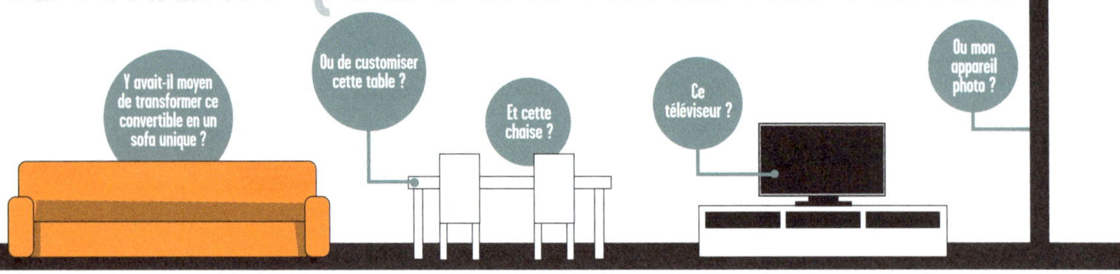

Si j'avais pu gribouiller sans scrupule sur des chaussures de toile dont la valeur était insignifiante…
il en allait tout autrement de trésors dont l'acquisition avait impliqué bien des sacrifices.
Évidemment, j'adorais les guitares de mes potes, recouvertes de stickers…
Ouah, elle a de la gueule !
Elle m'a coûté plus de 3 000 HK$!
Mais sur la mienne, même pas en rêve
… mais mes essais en DIY n'auraient pour tout support que des produits raisonnablement sacrifiables, comme une trousse ou un sac à dos.
BUTT
Hé…
Sur le bord de mon convertible, j'ai cousu un « B » très discret.
J'ai utilisé du gaffer pour customiser les pieds de ma table.
J'ai décoré d'un « B » autocollant le sommet de mes chaises.
Et d'un « Hello Mimi » la base de mon écran de télé.
J'ai dessiné au feutre noir un B au dos de mon appareil photo. Oui, oui, je sais, on ne le voit pas.
Je me suis même fait un logo…
dont j'ai tiré une planche de stickers…
De toute façon, ça faisait un bail que j'en jouais plus…

iRobot

Est-ce que vous réalisez que cette machine opère depuis déjà plus de 30 ans ?

Avez-vous déjà remarqué que nombre de nos gestes sont effectués sans même que nous en ayons conscience…

REPRODUITS A L'IDENTIQUE,

et que nous ressemblons en cela à des machines, ne répondant qu'aux ordres auxquels elles se doivent d'obéir, comme si elles étaient manipulées ?

Ce jour-là, la machine fut envahie d'une grande lassitude,
Ce jour-là, elle souhaita se conformer aux ordres d'une autre façon.
Ce jour-là, comme dans le film *I, Robot*...

Il ne s'agissait certes que d'astuces visant à m'élever contre la banalité du quotidien, mais pour qui veut les suivre à la lettre, appliquer ces règles ne se fait pas sans peine.

RECONFIGURATION DE HONG KONG

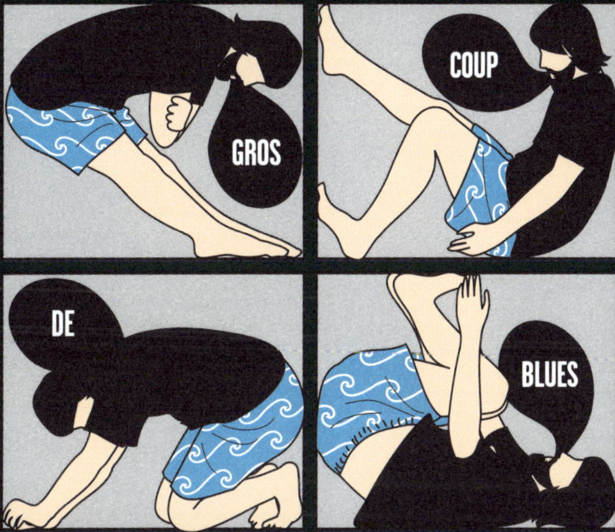
GROS
COUP
DE
BLUES

AUJOURD'HUI,
J'AI SUBITEMENT LE MORAL DANS LES

CHAUSSETTES

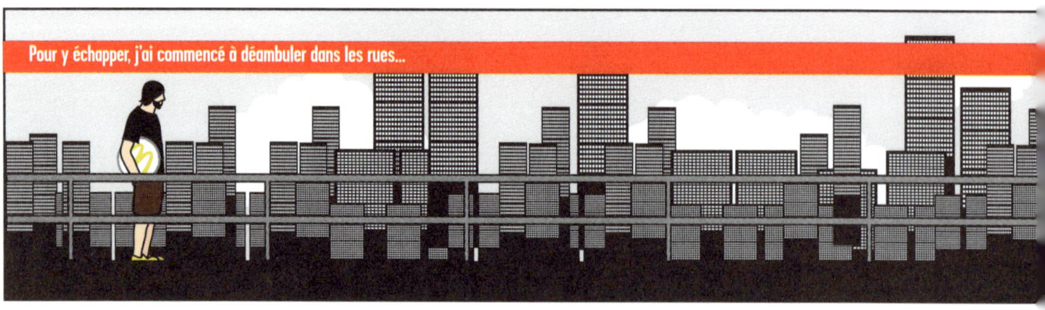

* Façon toute hongkongaise de dire que « les Anglais ont débarqué ».

* Tsang Tsou Choi (1921-2007), autoproclamé « Roi de Kowloon », était un précurseur du graffiti en Chine. Il couvrait les rues de calligraphies citant les noms de ses ancêtres qui, d'après lui, avaient été les propriétaires de Hong Kong, pour provoquer le pouvoir colonial.

Quand on se balade dans Hong Kong, on a l'impression que la ville change à toute vitesse. Mais l'uniformité de ses projets urbanistiques rend notre cadre de vie de plus en plus terne.
C'est pourquoi j'ai décidé...
D'EFFECTUER LES GRANDS TRAVAUX DE RESTAURATION DONT HONG KONG A BESOIN.

TRAVAUX DE RESTAURATION : 1RE ÉTAPE
REFONDATION DES QUARTIERS

*Mong Kok : quartier animé de la péninsule de Kowloon, considéré comme le plus densément peuplé au monde, avec 130 000 hab./km²

** Son et lumière quotidien sur Victoria Harbour depuis 2004 - ***Bauhinia : fleur symbole de Hong Kong

NOUVELLE CARTE DE HONG KONG

TRAVAUX DE RESTAURATION : 2e ÉTAPE

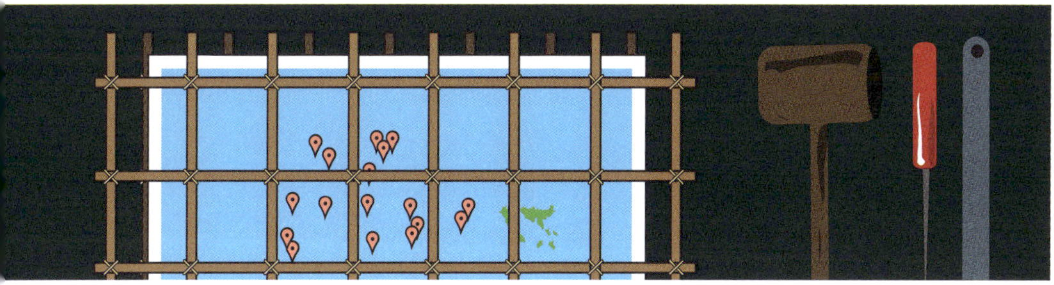

Non, ce dont je rêve vraiment, c'est d'une ville où chacun pourrait posséder son propre logement, un endroit où il lui serait possible de vraiment se reposer, et de rêver en paix…

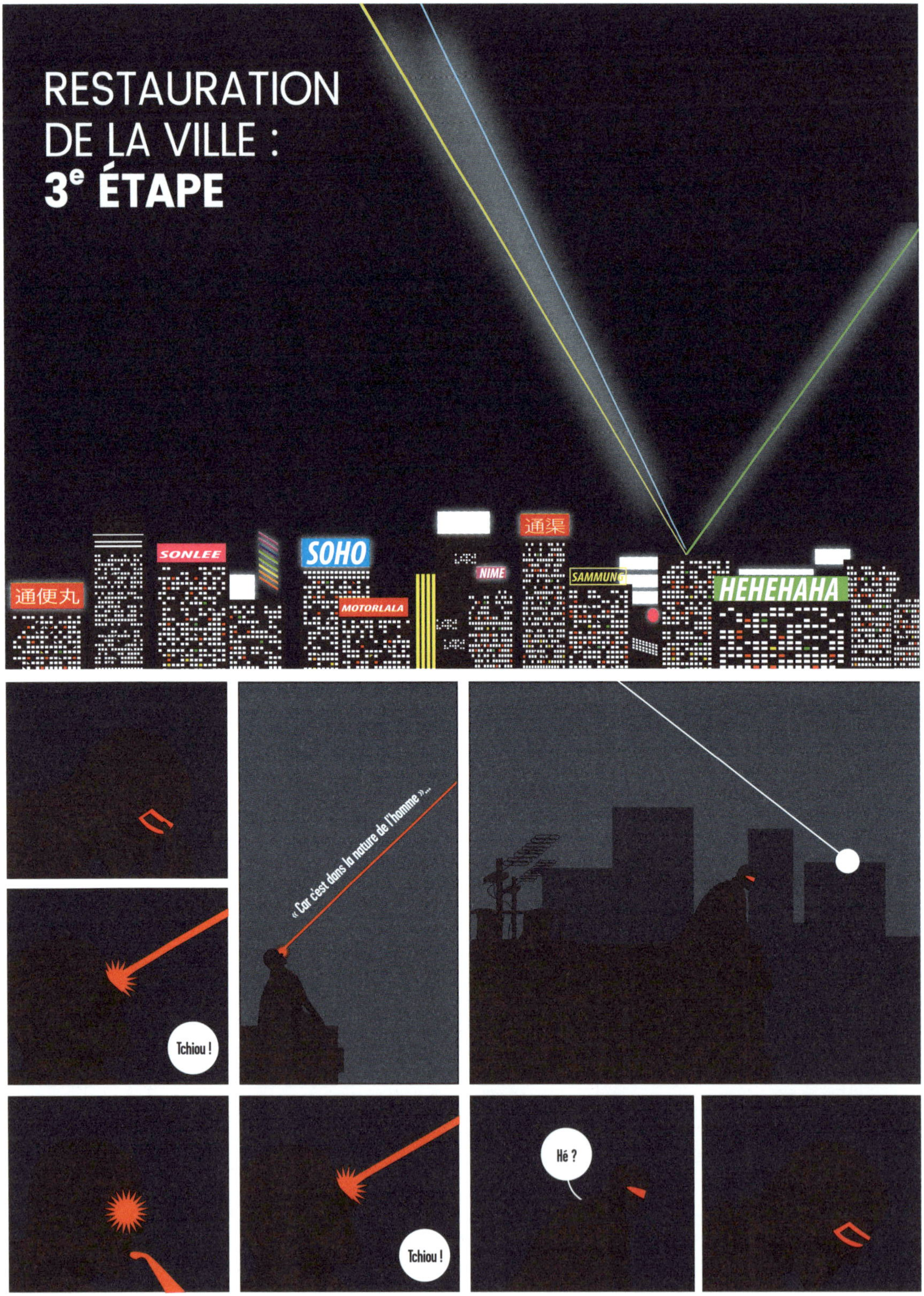

Quand toutes les autres solutions ont échoué, il ne reste plus qu'à utiliser l'arme la plus effrayante qu'ait inventée l'humanité...

J'm'en vais te photoshoper tout ça. Photoshop, la seule arme à même de changer l'illusion en réalité.

J'étais enchanté du résultat, car en réalité, Hong Kong pourrait se métamorphoser en un endroit aussi agréable que celui-ci...

TRAVAUX DE RESTAURATION : **4e ÉTAPE**

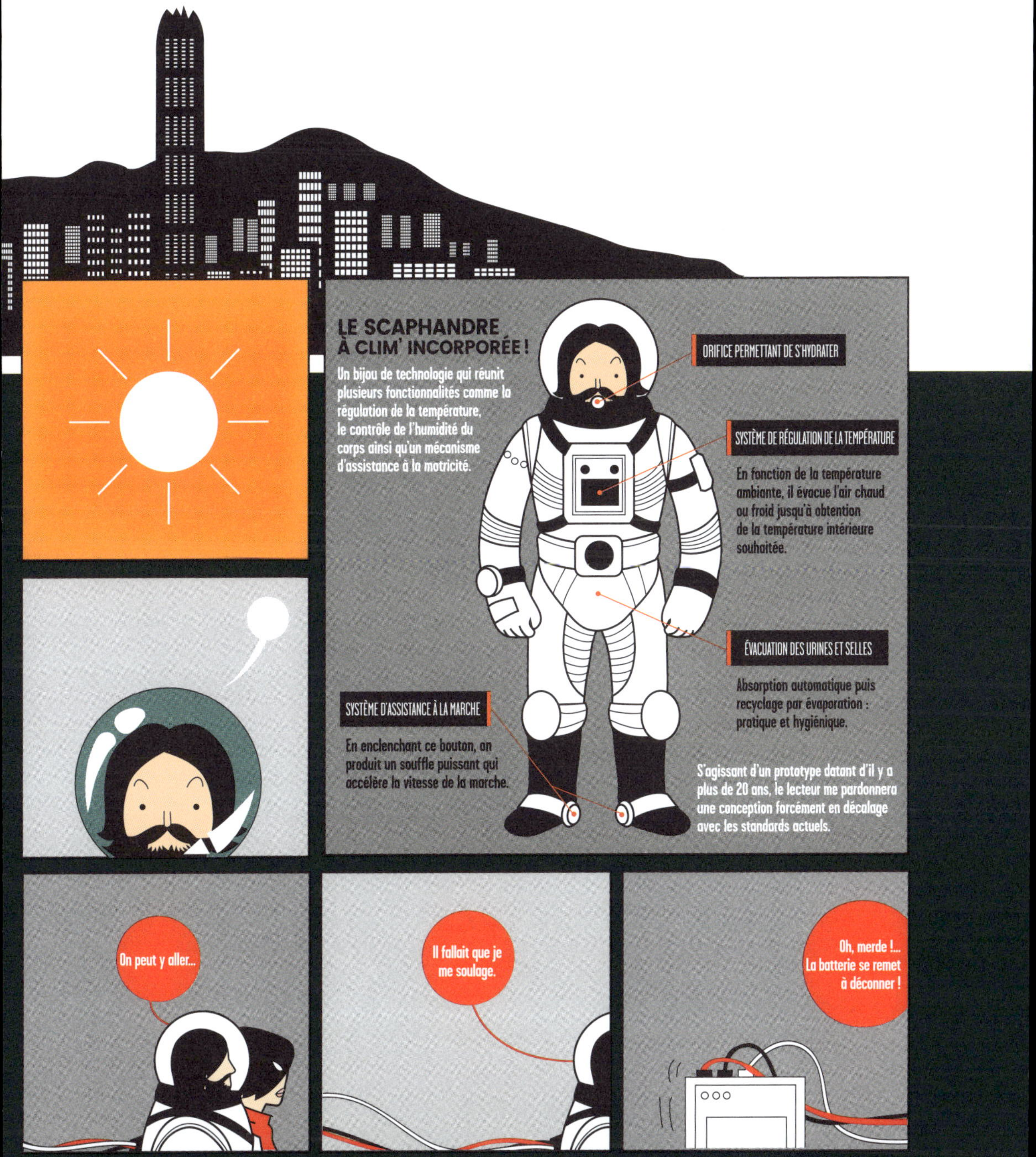
LE SCAPHANDRE À CLIM' INCORPORÉE !
Un bijou de technologie qui réunit plusieurs fonctionnalités comme la régulation de la température, le contrôle de l'humidité du corps ainsi qu'un mécanisme d'assistance à la motricité.
ORIFICE PERMETTANT DE S'HYDRATER
SYSTÈME DE RÉGULATION DE LA TEMPÉRATURE
En fonction de la température ambiante, il évacue l'air chaud ou froid jusqu'à obtention de la température intérieure souhaitée.
ÉVACUATION DES URINES ET SELLES
Absorption automatique puis recyclage par évaporation : pratique et hygiénique.
SYSTÈME D'ASSISTANCE À LA MARCHE
En enclenchant ce bouton, on produit un souffle puissant qui accélère la vitesse de la marche.
S'agissant d'un prototype datant d'il y a plus de 20 ans, le lecteur me pardonnera une conception forcément en décalage avec les standards actuels.
On peut y aller...
Il fallait que je me soulage.
Oh, merde !... La batterie se remet à déconner !

Cependant, en grandissant, j'ai commencé à réaliser que si cette combinaison pouvait sembler bien pratique pour une personne, on risquait de trouver ma démarche un peu individualiste.

Aussi, je décidais de concevoir, pour la ville entière, une toute nouvelle génération de...

BOUCLIER **CLIMATISEUR**

Considéré sous l'angle de la protection de l'environnement, je dois bien reconnaître que ce bouclier ne faisait pas exactement dans le politiquement correct. C'est pour cette raison que par la suite, j'y ai ajouté des panneaux solaires, afin de couper court à toute controverse.

Précision utile : ce bouclier n'a vocation qu'à assurer une climatisation à grande échelle et ne saurait en aucun cas se substituer à un bouclier anti-missiles.

TRAVAUX DE RESTAURATION : **5e ÉTAPE**

LE CHAPITRE DES TRANSPORTS

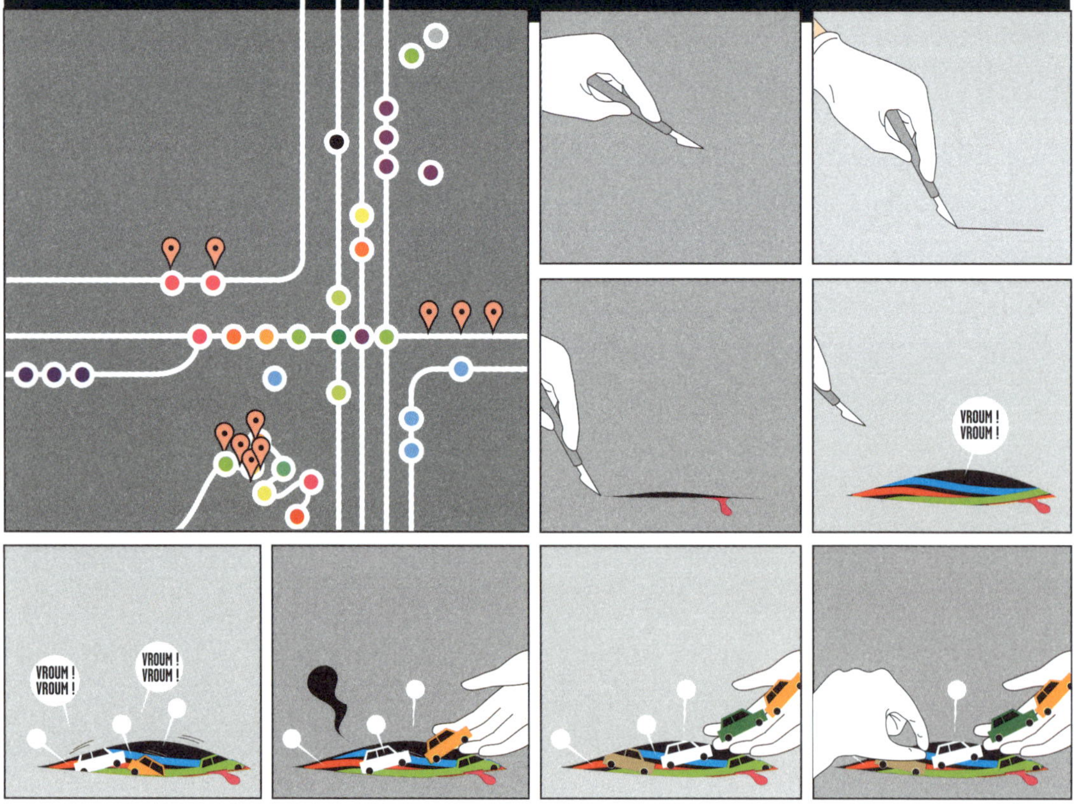

Les transports ne devraient pas avoir pour seule finalité de permettre aux gens de se déplacer d'un endroit à un autre : pour les gens qui vont au boulot ou qui en sortent, ça devrait être l'occasion de souffler un peu. Malheureusement, toute réflexion sur les transports est dominée par des exigences d'efficacité et de rapidité.

LE PROBLÈME ÉTANT SYSTÉMIQUE, AUTANT TOUT REPRENDRE DEPUIS LE DÉBUT...

CE QUI SERAIT VRAIMENT GÉNIAL, CE SERAIT D'EN FAIRE UN JEU !

Let's Go!

Pour continuer dans la lancée du bouclier climatiseur, c'est à un véhicule fantasmé dans mon enfance que je pense : une voiture évidemment électrique, automatique, climatisée, et aussi performante sur les routes que sur les parois des immeubles.

Il serait cependant nécessaire d'appliquer une législation sévère prohibant l'utilisation des consoles de jeu ou d'écouteurs par les conducteurs – avec une peine plancher, pour les contrevenants, d'au moins dix ans de prison.

ARRIVÉ À CE STADE DES TRAVAUX...
Il était temps de se pencher sur un des dossiers les plus sensibles de la rénovation de Hong Kong
CELUI DE LA PSYCHOLOGIE DE SES HABITANTS.
D'après mes informations, le port de ces lunettes permet d'observer la véritable personnalité des gens, de scruter leur for intérieur.
Cependant...
Après examen...
il a bien fallu admettre que l'observation des Hongkongais avec et sans lunettes ne permettait pas d'établir de différences significatives.
Jusqu'à ce que je fasse cette découverte...
Une étrange créature, d'apparence sphérique, qui flottait dans les airs...
D'après mes informations, il s'agirait d'une âme humaine...
$?
Non !

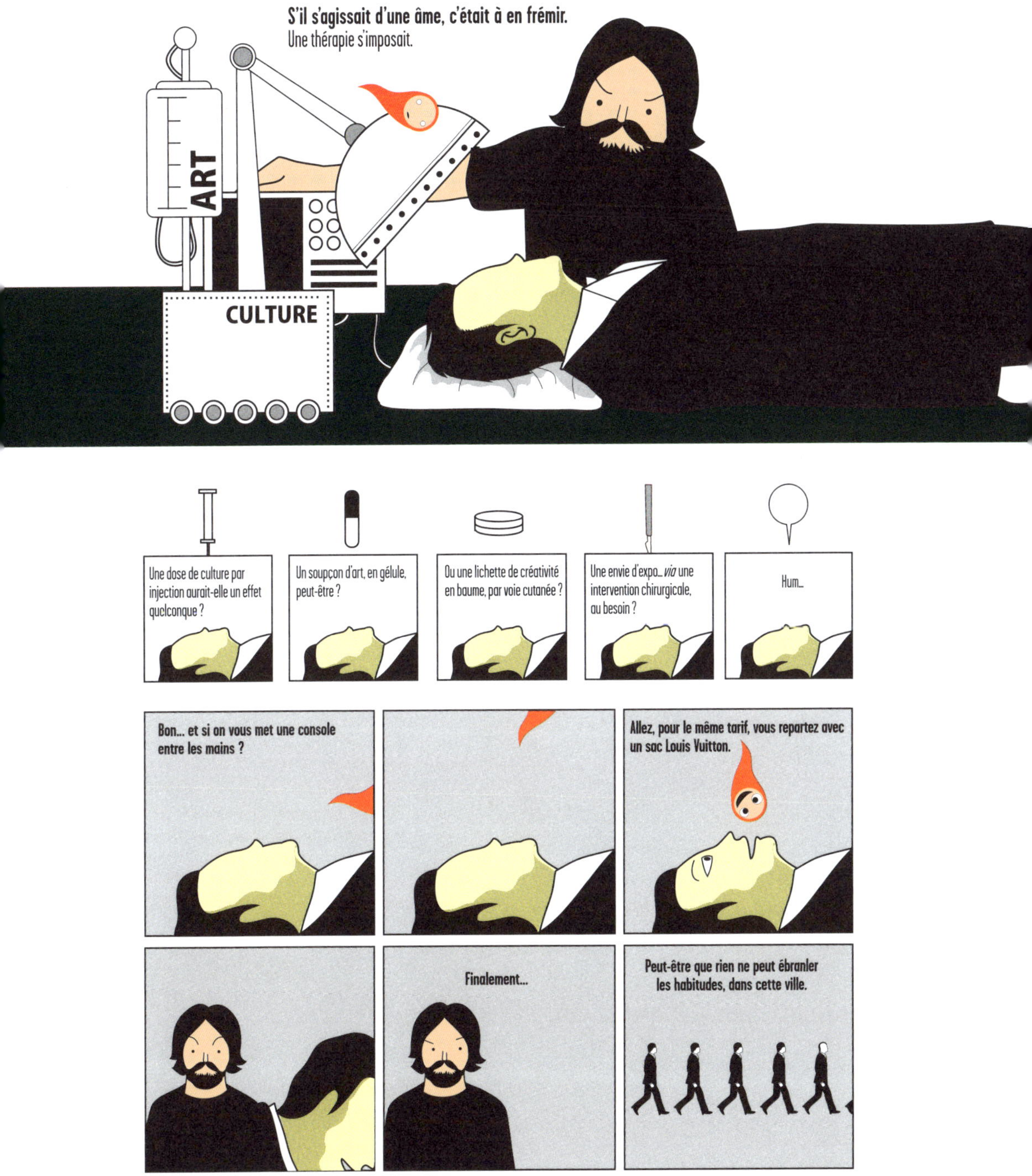
S'il s'agissait d'une âme, c'était à en frémir.
Une thérapie s'imposait.
ART
CULTURE
Une dose de culture par injection aurait-elle un effet quelconque ?
Un soupçon d'art, en gélule, peut-être ?
Ou une lichette de créativité en baume, par voie cutanée ?
Une envie d'expo… *via* une intervention chirurgicale, au besoin ?
Hum…
Bon… et si on vous met une console entre les mains ?
Allez, pour le même tarif, vous repartez avec un sac Louis Vuitton.
Finalement…
Peut-être que rien ne peut ébranler les habitudes, dans cette ville.

LES HONGKONGAIS NE SAVENT PAS VIVRE SANS INDICES DE VALEUR.

Ils se fient sans réserves à des fluctuations de nombres à 5 chiffres pour décider de leur humeur et de chaque instant de leur quotidien.

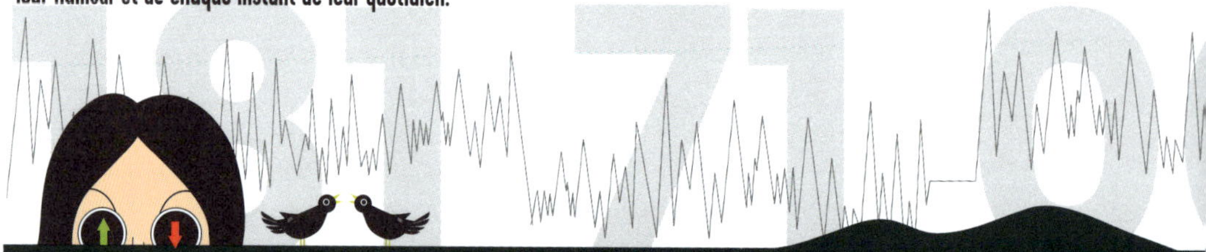

INDICE DE VIE PERSONNALISÉ

000.1 Temps de sommeil

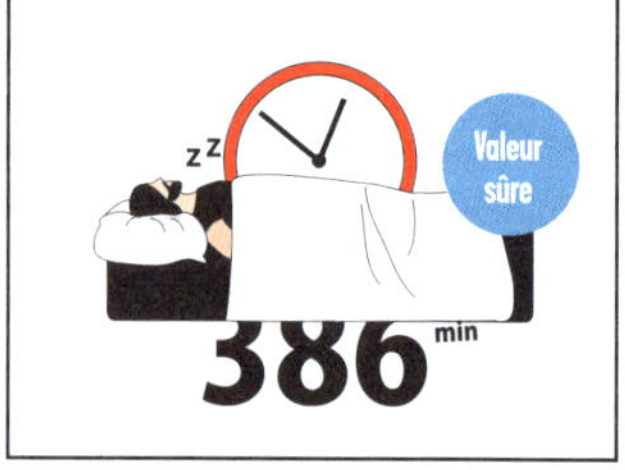

000.2 Temps passé à traîner au lit après le réveil

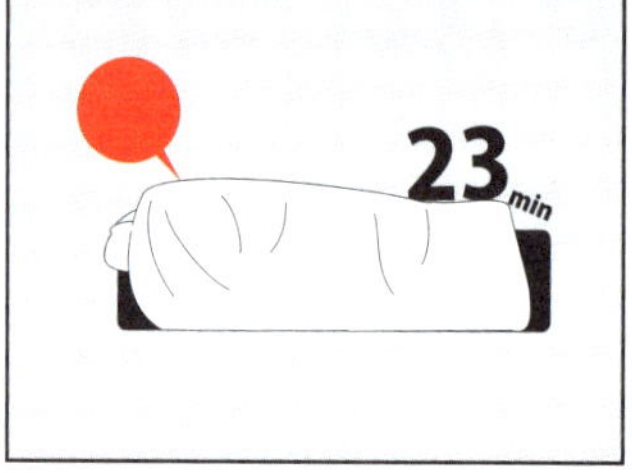

000.3 Moral : auto-évaluation entre 1 et 100

000.4 Éclat du bleu du ciel

000.5 Hauteur des bonsaïs

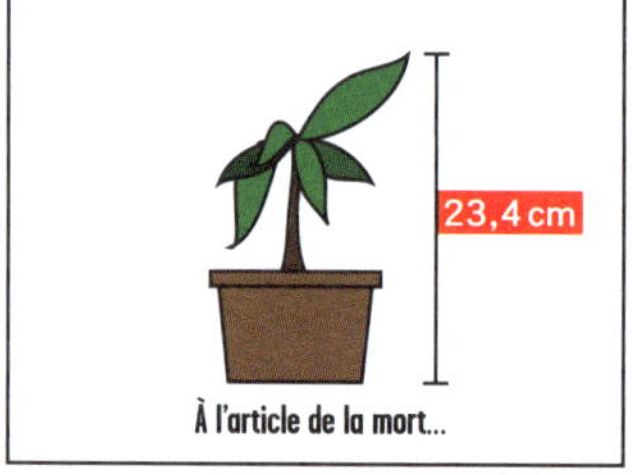

000.6 Intensité du pépiement des moineaux derrière ma fenêtre : évaluation personnelle

000.7 Tour de taille

000.8 Poids

000.6 Nombre de pages lues avant de dormir

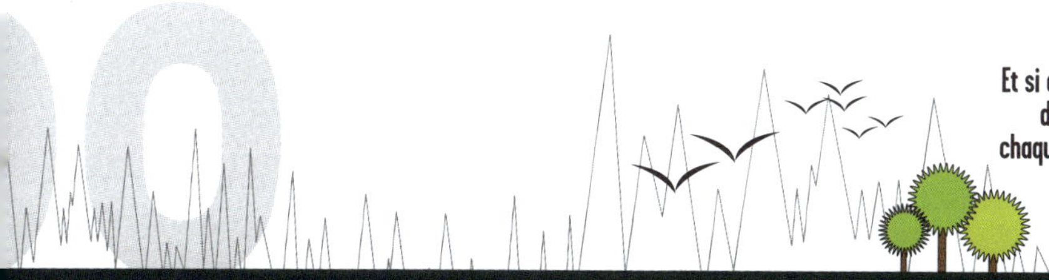

Et si on achevait cette restauration de Hong Kong en encourageant chaque citoyen à établir son propre

INDICE DE VIE

Avec possibilité pour chacun d'en ajuster les variables en fonction de ses préférences ?

000.10 Degré d'organisation de l'espace de travail

000.11 Quantité de spams

000.12 Quantité de mails nécessitant une réponse

000.13 Résultats de Manchester United la semaine passée

000.14 Côte de popularité du gouverneur

000.15 Nombre généré aléatoirement

Oui, car notre quotidien a aussi sa part de hasard...

En établissant un calcul quotidien de ces variables, et en les saisissant dans la matrice de son choix, on peut établir soi-même un indice de vie personnalisé.

000.1 + 000.2 + 000.3 + 000.4 + 000.5 +
000.6 - 000.7 - 000.8 + 000.9 + 000.10
000.11 + 000.12 + 000.13 + 000.14 + 000.15

Dans la mesure où on assistait à un maintien des valeurs refuge samedi, et que le Hang Seng était très élevé ce mercredi dès l'ouverture, la hausse continue de l'indice lui a permis d'atteindre un nouveau record cette année, avec une augmentation sur la journée de 32,2 points, pour clôturer à 1139,8 points.

SI APRÈS ÇA, JE PASSE PAS UNE SUPER JOURNÉE...

RoadNo
嘈訊通
◂ RESET
LIGHT ▸
BATTERY
L M H
P. SAVE
A.CL
SNZ
SUN
11:07 22
◂ MODE
CASIIO
SEARCH ▸
11:22 14
PROCHAINE STATION :
KOWLOON TONG
SCREEN
10:23 PM
1
2
ABC
3
DEF
4
GHI
5
JKL
6
MNO
7
PQRS
8
TUV
9
WXYZ
*
0
#
Call
EN SERVICE
MERCI D'AVOIR CHOISI
NOTRE ÉTABLISSEMENT
$12.50
10:55 PM
Aria
9:00 AM
ALARM SET 9:00AM
11:48 52
VEUILLEZ CHOISIR UN MONTANT
200
400
500
800
1000
1500
Autre montant
AUTO
25 °C
AUTO

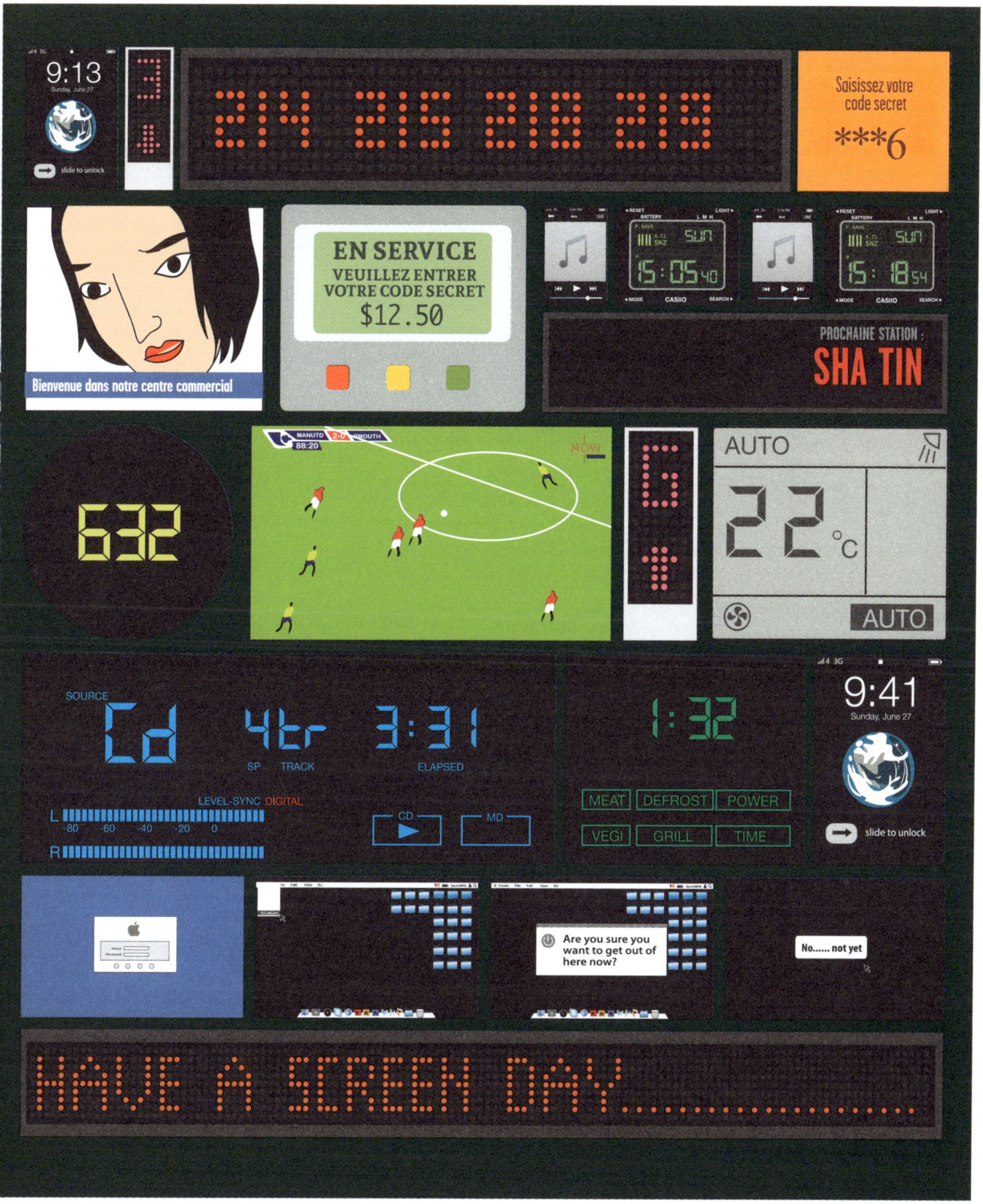
9:13
Sunday, June 27
slide to unlock
214 215 218 219
Saisissez votre code secret
***6
EN SERVICE
VEUILLEZ ENTRER VOTRE CODE SECRET
$12.50
Bienvenue dans notre centre commercial
CASIO
PROCHAINE STATION :
SHA TIN
632
MANUTD 2-0
88:20
NOW
AUTO
22 °C
AUTO
SOURCE
Cd
4tr
3:31
SP TRACK
ELAPSED
LEVEL-SYNC DIGITAL
L
-80 -60 -40 -20 0
R
CD
MD
1:32
MEAT DEFROST POWER
VEGI GRILL TIME
9:41
Sunday, June 27
slide to unlock
Are you sure you want to get out of here now?
No...... not yet
HAVE A SCREEN DAY.................

Dès notre plus tendre enfance, nous vivons dans la menace d'être notés par nos pairs et d'être condamnés à porter leur évaluation gravée sur le front. Aujourd'hui, n'ayant plus de compte à rendre, je crois qu'il est temps de lever la malédiction.

30 %

Et la meilleure façon de m'y prendre, c'est d'évaluer à mon tour la ville de Hong Kong.

ÉVALUATION DE HONG KONG

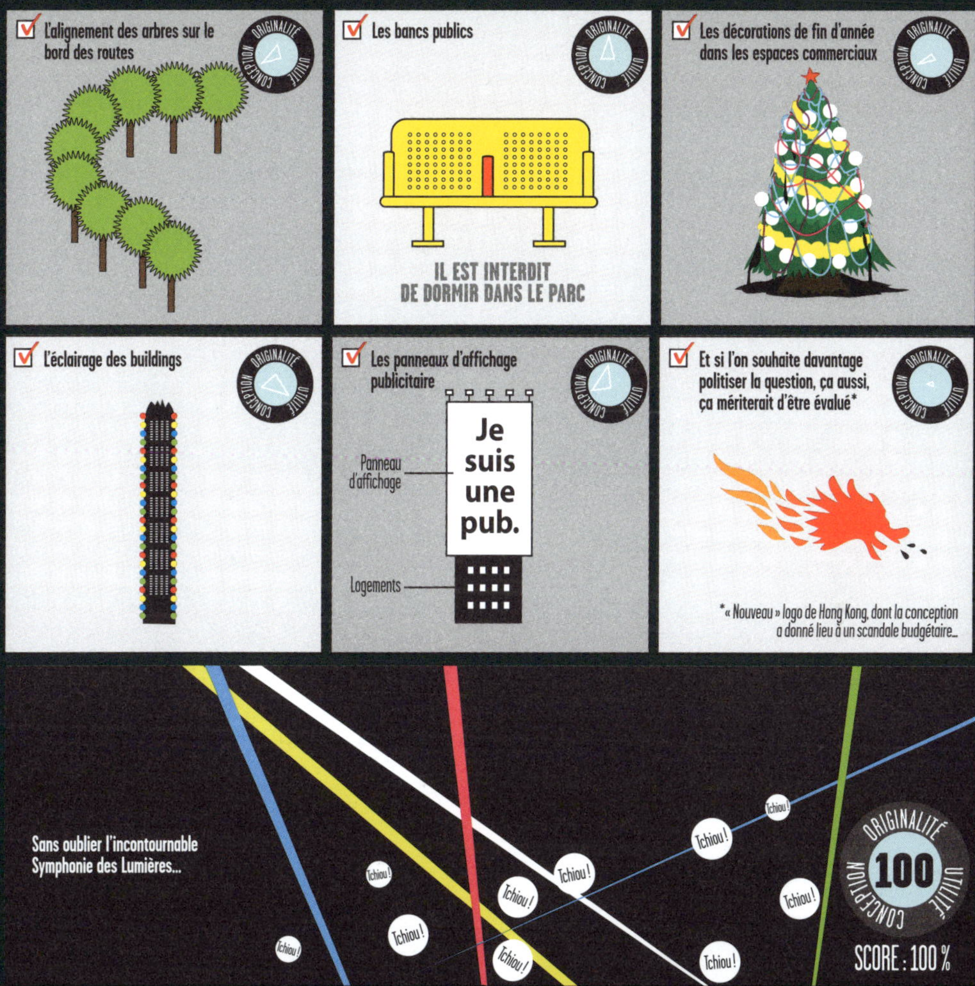
L'alignement des arbres sur le bord des routes
ORIGINALITÉ
UTILITÉ
CONCEPTION
Les bancs publics
IL EST INTERDIT
DE DORMIR DANS LE PARC
Les décorations de fin d'année dans les espaces commerciaux
L'éclairage des buildings
Les panneaux d'affichage publicitaire
Panneau d'affichage
Je suis une pub.
Logements
Et si l'on souhaite davantage politiser la question, ça aussi, ça mériterait d'être évalué*
*« Nouveau » logo de Hong Kong, dont la conception a donné lieu à un scandale budgétaire…
Sans oublier l'incontournable Symphonie des Lumières…
Tchiou !
100
SCORE : 100 %

MAIS TU FOUS RIEN, EN FAIT ?

Les sans-emploi, les inactifs et plus largement ceux qui ne sont pas concernés par le travail subissent une même malédiction : celle de toujours donner l'impression à leur entourage qu'ils se complaisent dans l'oisiveté.
Légitimement indignés, parents et proches perçoivent cependant tout le potentiel qu'ils peuvent tirer de leurs chers glandeurs.
Mais là, t'as rien à faire, si ?
Accusé Butt
Condamné pour oisiveté
Puisque...
tu fais...
rien...
Butt !

DU COUP, PUISQUE TU FAIS RIEN

Si, dans votre entourage, quelqu'un vous donne le sentiment d'avoir trop de temps libre, pensez à le mettre en garde :

TU FAIS RIEN ?

Profites-en, ça va pas durer !

Depuis quelque temps, un détraqué balance des flacons d'acide nitrique sur les passants depuis le sommet des immeubles.

Ceux qui s'aventurent dans les rues ne peuvent s'empêcher de garder la tête en l'air, guettant toute activité suspecte.

Les gens adorent se faire peur*

*Comme disaient les anciens, au royaume de Tchi, les hommes craignent que le ciel ne leur tombe sur la tête.

Quelqu'un pourrait même se jeter du sommet d'un immeuble...
Et un pickpocket pourrait en profiter pour faire les poches des passants...
Mais c'est alors qu'un braquage aurait lieu dans la banque, juste en face...
Il y aurait un échange de coups de feu, et inévitablement, des balles perdues...
Ce serait terrible, avec un trafic aussi dense. Des conducteurs perdraient le contrôle de leur véhicule...
Et si dans ce bordel monstre déboulait soudain un vendeur à la sauvette, avec ses brochettes de poisson...
Et si ses gamelles d'huile brûlante étaient renversées, aspergeant les alentours...
Imaginez qu'alors une mère arrive avec sa poussette...
Et que relâchant sa vigilance, elle ne voie pas son enfant avaler une mouche...
Hum ?
Faut que j'arrête d'angoisser pour rien...
Y'a rien à craindre, à part quelques flacons d'acide.

N'ayant rien à faire, j'allais rendre visite à Shrimp que je n'avais pas croisé depuis un bail.
Ça roule, toi ?
LISTEN
La crise financière ne semblait pas avoir eu beaucoup d'impact sur les affaires de ce Street Fighter des temps nouveaux.
Ça va, j'attends la sortie du 3Gs.
LISTEN
Faut que j'aille pisser, mais faut garder un œil sur mon emplacement. Tu me remplaces ?
Que je le remplace ? Est-ce que ça n'allait pas faire de moi LE COMPLICE DE SHRIMP ?
Je rachète vos portables.
Voilà que je plongeais dans l'illégalité ! Dans une activité assimilée à du colportage, qui plus est !
Rien que d'y songer, un sourire insolite se dessinait sur mes lèvres.
Hé, Shrimp, je reviens avec deux, trois trucs dans 5 min ! À toute !
Je rachète vos portables.

VENEZ ADMIRER MA CAMELOTE !

ET VOUS, À MA PLACE, QU'ESSAYERIEZ-VOUS DE VENDRE ?

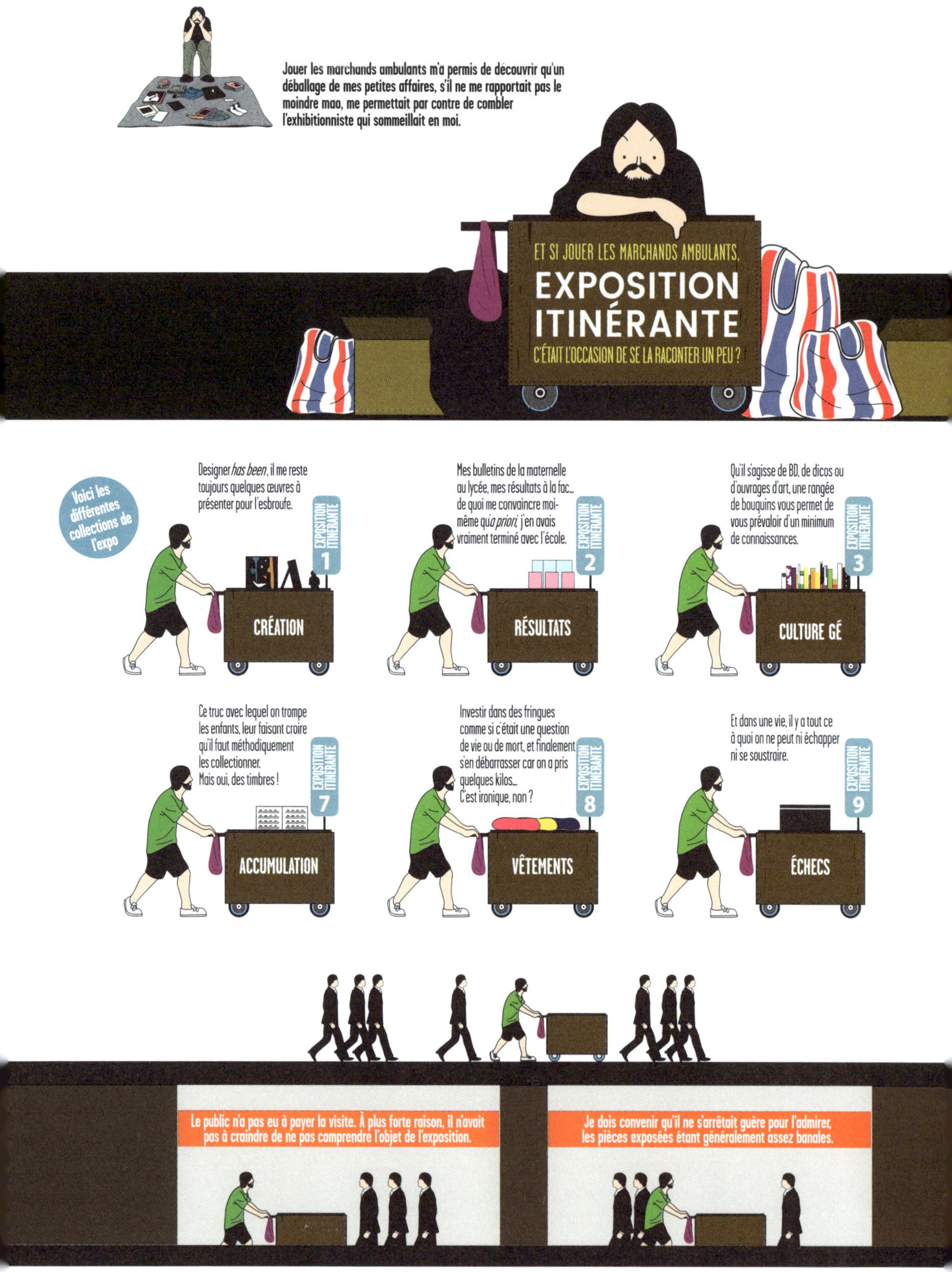

Jouer les marchands ambulants m'a permis de découvrir qu'un déballage de mes petites affaires, s'il ne me rapportait pas le moindre mao, me permettait par contre de combler l'exhibitionniste qui sommeillait en moi.
ET SI JOUER LES MARCHANDS AMBULANTS,
EXPOSITION ITINÉRANTE
C'ÉTAIT L'OCCASION DE SE LA RACONTER UN PEU ?
Voici les différentes collections de l'expo
Designer *has been*, il me reste toujours quelques œuvres à présenter pour l'esbroufe.
EXPOSITION ITINÉRANTE 1
CRÉATION
Mes bulletins de la maternelle au lycée, mes résultats à la fac... de quoi me convaincre moi-même qu'*a priori*, j'en avais vraiment terminé avec l'école.
EXPOSITION ITINÉRANTE 2
RÉSULTATS
Qu'il s'agisse de BD, de dicos ou d'ouvrages d'art, une rangée de bouquins vous permet de vous prévaloir d'un minimum de connaissances.
EXPOSITION ITINÉRANTE 3
CULTURE GÉ
Ce truc avec lequel on trompe les enfants, leur faisant croire qu'il faut méthodiquement les collectionner.
Mais oui, des timbres !
EXPOSITION ITINÉRANTE 7
ACCUMULATION
Investir dans des fringues comme si c'était une question de vie ou de mort, et finalement s'en débarrasser car on a pris quelques kilos...
C'est ironique, non ?
EXPOSITION ITINÉRANTE 8
VÊTEMENTS
Et dans une vie, il y a tout ce à quoi on ne peut ni échapper ni se soustraire.
EXPOSITION ITINÉRANTE 9
ÉCHECS
Le public n'a pas eu à payer la visite. À plus forte raison, il n'avait pas à craindre de ne pas comprendre l'objet de l'exposition.
Je dois convenir qu'il ne s'arrêtait guère pour l'admirer, les pièces exposées étant généralement assez banales.

Du coup, j'ai mis pas moins de 3 jours à monter ce chariot afin de mettre sur pied une grande expo itinérante présentant

LES COLLECTIONS DE TOUTE UNE VIE

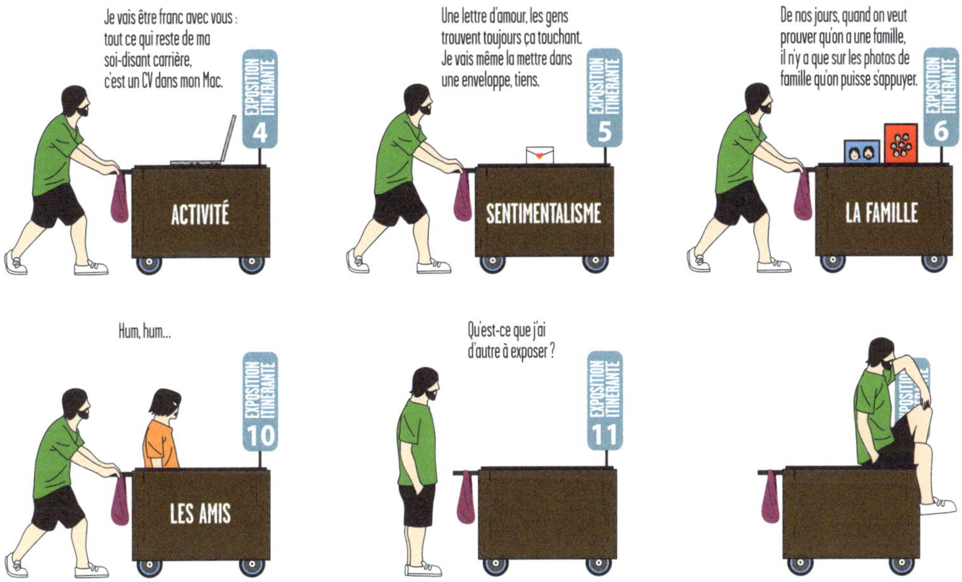

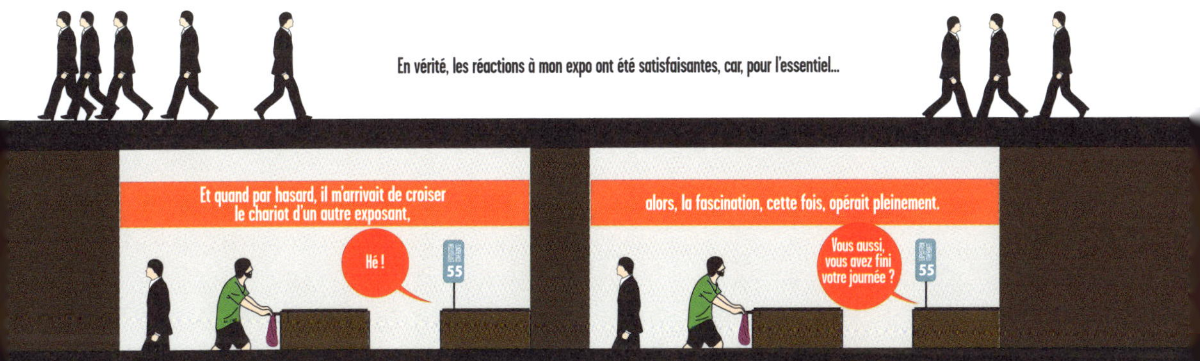

On dit souvent que les opportunités ne se présentent qu'à ceux qui sont prêts à les saisir. Ça tombait bien, le temps dont je disposais me permettait de rafraîchir un peu mon CV.

ET VOUS, À MA PLACE, DANS UN CV, **VOUS METTRIEZ QUOI?**

Arrivé à ce stade, vous pourriez réaliser qu'il y a un certain nombre de choses que vous avez toujours voulu ajouter à ce CV...

EMPLOIS DU TEMPS

Dès notre plus jeune âge, un machin qu'on appelle « emploi du temps » assure notre soumission au quotidien.

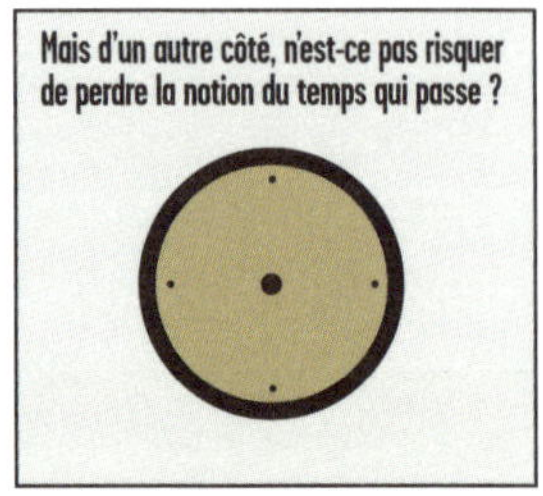

Et une fois sur le marché de l'emploi, trois moments de la journée en particulier ont une influence significative sur notre moral.

EMPLOIS DU TEMPS

0600-0800	ZZZ	CAFÉ
0800-1000	CAFÉ	LECTURE
1000-1200	LECTURE	LECTURE
1200-1400	REPAS	TEMPS LIBRE
1400-1600	TEMPS LIBRE	ZZZ
1600-1800	THÉ	JEU
1800-2000	REPAS	JEU
2000-2200	JEU	REPAS
2200-2400	ZZZ	TEMPS LIBRE
0000-0200	ZZZ	ZZZ
0200-0400	ZZZ	ZZZ
0400-0600	ZZZ	ZZZ

Dans son quotidien, c'est vrai, l'homme est obligé de respecter certaines conventions. Mais si elles sont correctement énoncées et observées, que demander de plus ?

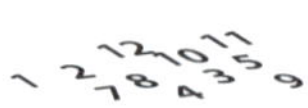

IL Y A HUIT JOURS, J'AVAIS UN PEU LE BLUES…
ET SI ON MÉLANGEAIT UN PEU LES CARTES ?

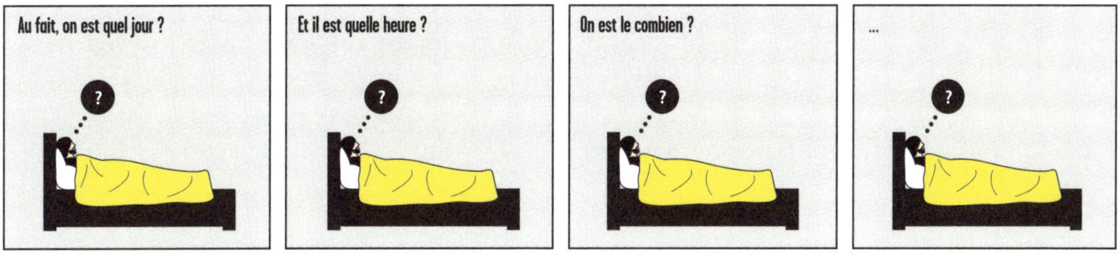

Soucieux de trouver un juste équilibre entre mon désir de liberté et la nécessité d'accorder au temps sa juste valeur, j'ai décidé de mettre sur pied un emploi du temps prenant en considération les vrais besoins humains.

ZZZ	ZZZ	ZZZ	ZZZ	ZZZ
ZZZ	CAFÉ	CAFÉ	CAFÉ	CAFÉ
CAFÉ	ZZZ	LECTURE	JEU	TEMPS LIBRE
REPAS	REPAS	REPAS	REPAS	REPAS
ZZZ	ZZZ	ZZZ	TEMPS LIBRE	TEMPS LIBRE
THÉ	THÉ	JEU	THÉ	TEMPS LIBRE
REPAS	REPAS	JEU	REPAS	TEMPS LIBRE
LECTURE	TEMPS LIBRE	REPAS	LECTURE	TEMPS LIBRE
TEMPS LIBRE	TEMPS LIBRE	JEU	LECTURE	TEMPS LIBRE
ZZZ	ZZZ	ZZZ	ZZZ	ZZZ
ZZZ	ZZZ	ZZZ	ZZZ	ZZZ
ZZZ	ZZZ	ZZZ	ZZZ	ZZZ

Beaucoup de gens se plaignent de ne savoir dire combien de temps, dans leur vie, ils ont passé à attendre.

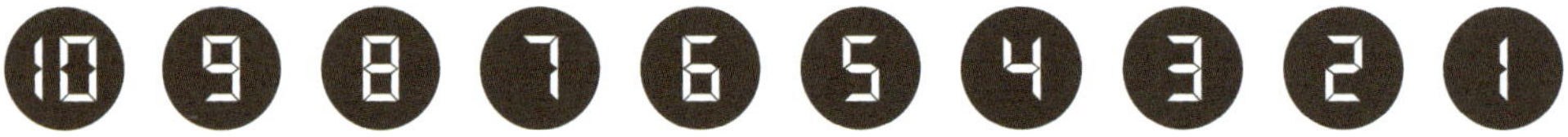

Chargement en cours... Veuillez patienter...

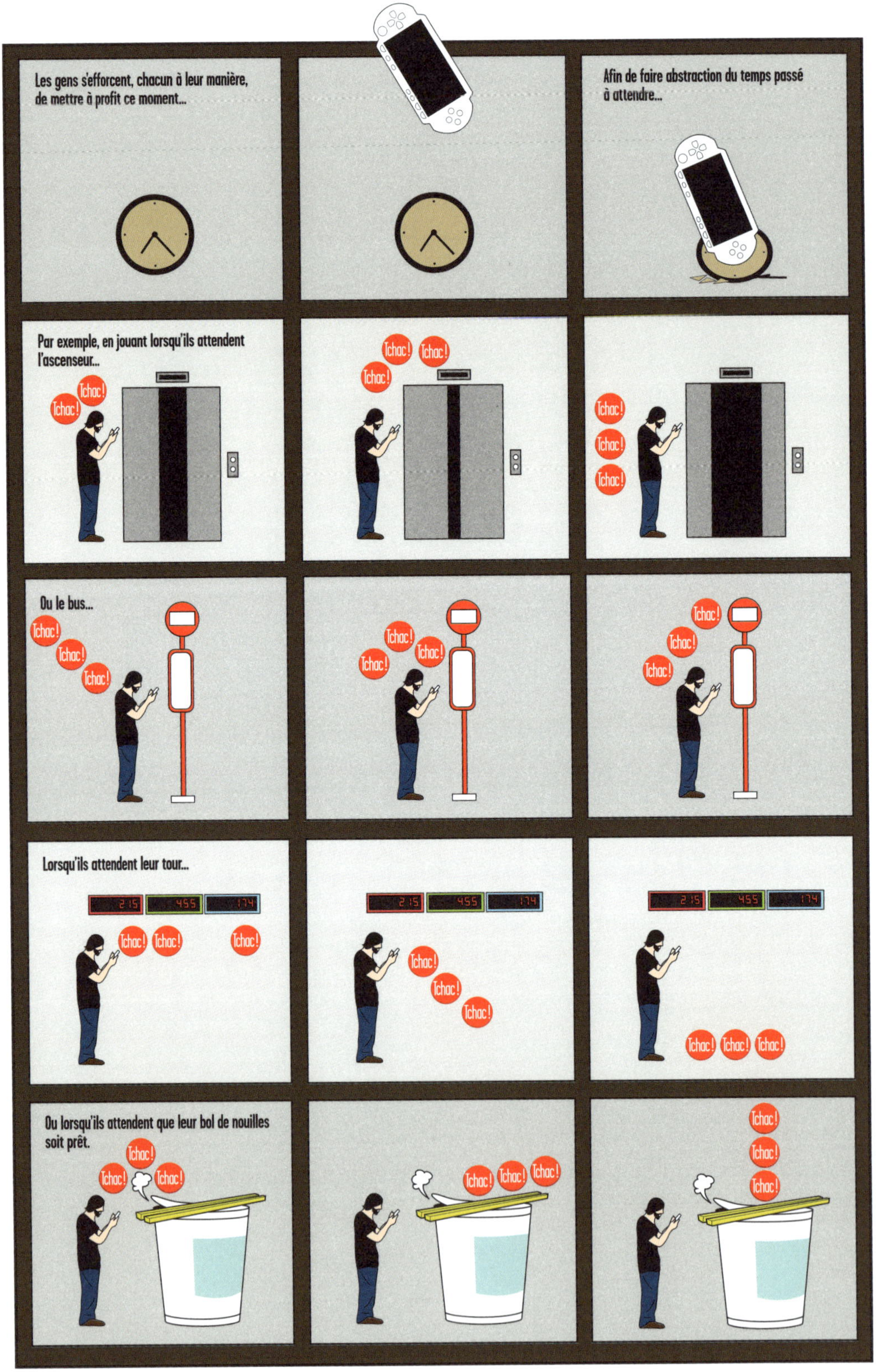
Les gens s'efforcent, chacun à leur manière, de mettre à profit ce moment...
Afin de faire abstraction du temps passé à attendre...
Par exemple, en jouant lorsqu'ils attendent l'ascenseur...
Tchac!
Tchac!
Tchac!
Tchac!
Tchac!
Tchac!
Tchac!
Tchac!
Ou le bus...
Tchac!
Tchac!
Tchac!
Tchac!
Tchac!
Tchac!
Tchac!
Tchac!
Tchac!
Lorsqu'ils attendent leur tour...
215
455
174
Tchac!
Tchac!
Tchac!
Tchac!
Tchac!
Tchac!
Tchac!
Tchac!
Tchac!
Ou lorsqu'ils attendent que leur bol de nouilles soit prêt.
Tchac!
Tchac!
Tchac!
Tchac!
Tchac!
Tchac!
Tchac!
Tchac!
Tchac!

Pour moi qui dispose de plus de temps que la plupart de mes semblables, la perspective d'attendre n'a jamais été une source d'angoisse.

Depuis je ne sais trop quand, au moment de l'ouverture d'une page Internet, j'ai pris l'habitude de fixer la barre de chargement en train de se remplir, tout en comptant de 0 à 100.

0% Chargement en cours... Veuillez patienter... 100%

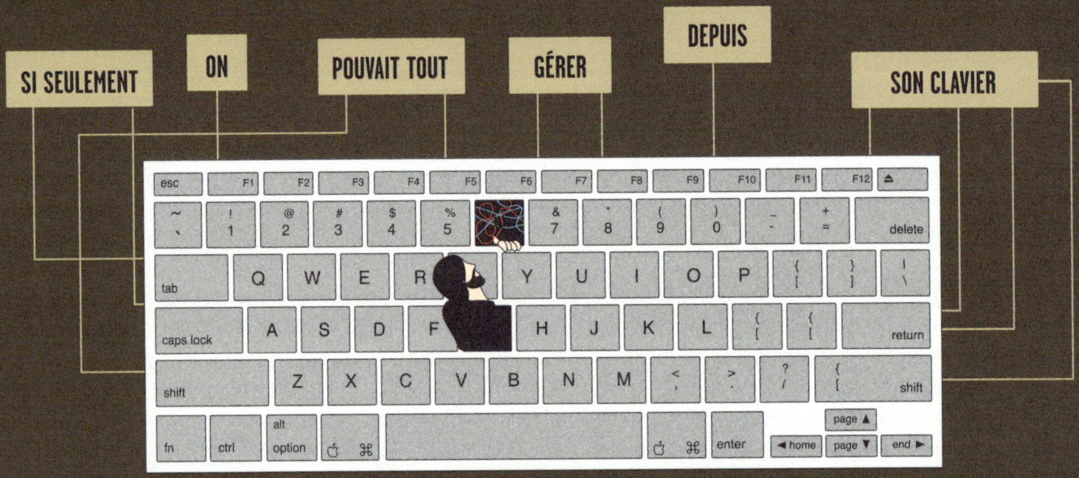
SI SEULEMENT
ON
POUVAIT TOUT
GÉRER
DEPUIS
SON CLAVIER

Imaginez le soulagement lorsque vous cherchez un truc introuvable...
⌘ F CHERCHER
Ou lorsque vous avez une lourde charge à déplacer...
⌘ X COUPER
YES
⌘ V COLLER
Ou après avoir utilisé des mots qui blessent...
⌘ Z ANNULER
Ou lorsqu'il est temps de vider les ordures...
suppr EFFACER
Et quand la queue est aussi longue...
il suffirait de placer le curseur, par exemple, ici...
BARRE D'ESPACE
⌘ V COLLER
Confronté à des problèmes...
F1 AIDE
« Oh, ce dossier est ingérable... »
esc ESCAPE
Ou lorsque vous rencontrez un emmerdeur...
shift Changement de visage
Ou lorsque tout part en vrille...
⌘ tab CHANGER DE PROGRAMME
Ou lorsque le quotidien devient étouffant...
esc option ⌘ FORCER À QUITTER
What do you want
Restart ?
Sleep ?
Shut down ?

R e d é m a r r a g e

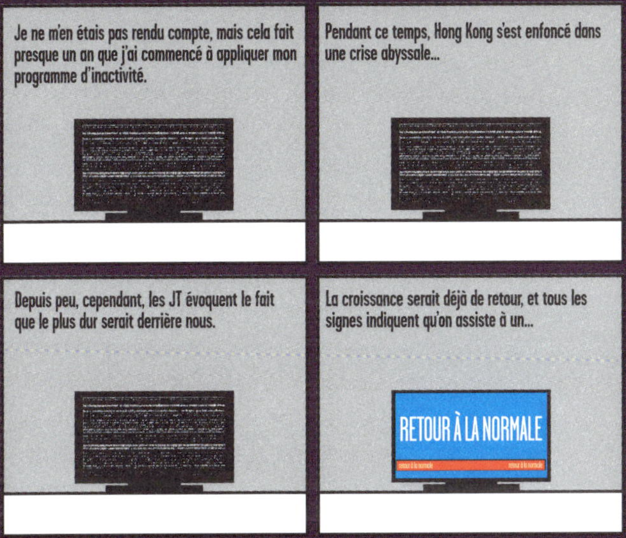
Je ne m'en étais pas rendu compte, mais cela fait presque un an que j'ai commencé à appliquer mon programme d'inactivité.
Pendant ce temps, Hong Kong s'est enfoncé dans une crise abyssale...
Depuis peu, cependant, les JT évoquent le fait que le plus dur serait derrière nous.
La croissance serait déjà de retour, et tous les signes indiquent qu'on assiste à un...
RETOUR À LA NORMALE

RETOUR À LÀ-BAS-VILLE

Ou comment renouer avec une destination qu'on a visitée sans avoir vraiment eu le sentiment d'y poser le pied

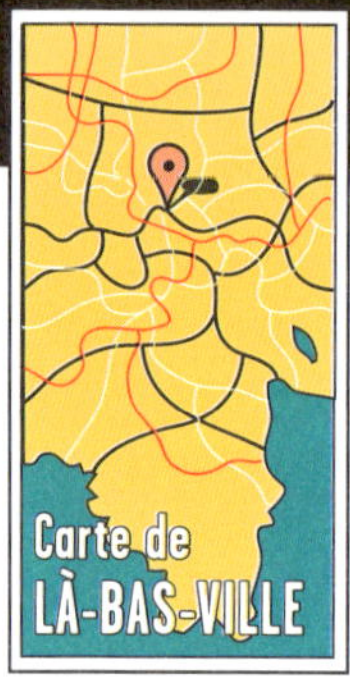

Mais j'avais le sentiment d'être beaucoup moins survolté que la 1re fois. C'était peut-être le contrecoup du stress au travail ou, dans mon cas, celui de l'absence de stress. Cette fois, c'était avec la perspective d'arpenter tranquillement les rues que j'avais préparé mon voyage, ce qui impliquait un changement net dans les préparatifs du voyage...

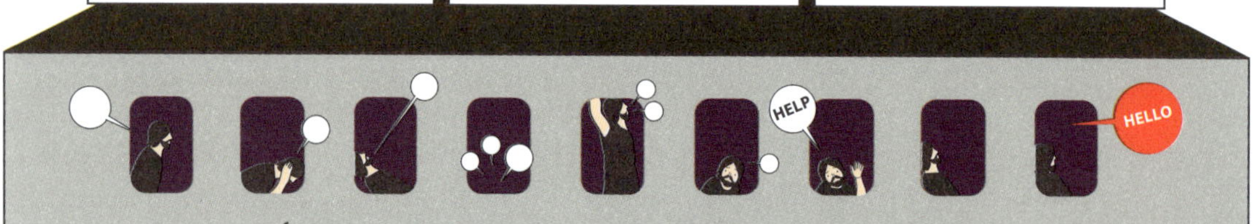

Évidemment, un voyage sans console, ça signifiait également une petite période d'adaptation.

Je peux m'asseoir ici ?
BO MO BA BA ER LOLO KI !
Visiblement, j'avais trouvé le produit de substitution idéal à ma console...
Enchanté, moi aussi.

Pour être sûr que mon séjour se déroulerait de manière moins tragique que la fois précédente, j'avais préparé mon voyage de manière quasi professionnelle.
Différence notable : cette fois, je me promenais sans appareil photo. Mon expérience de voyage s'en trouvait métamorphosée en quelque chose de « naturel ».
Je ne me sentais pas non plus tenu de consigner toutes les étapes d'un circuit, et j'avais ainsi tout loisir d'admirer les sites et d'en percer les secrets.
Écrire et dessiner tout ce qui m'apparaissait...
Oh, des nuages !
opérait comme un filtre.
Consigner chaque instant de cette manière...

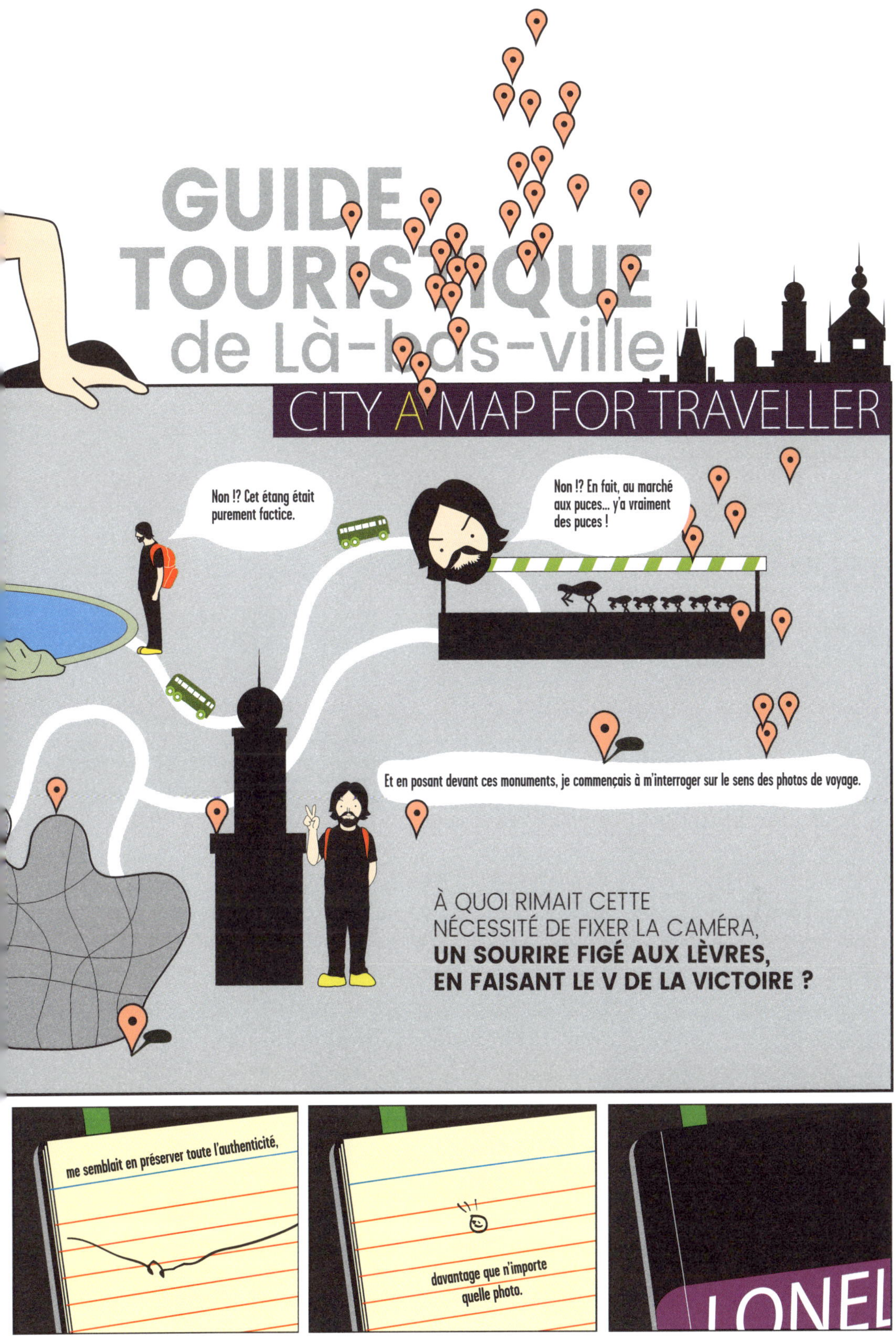
GUIDE TOURISTIQUE de Là-bas-ville
CITY A MAP FOR TRAVELLER
Non !? Cet étang était purement factice.
Non !? En fait, au marché aux puces... y'a vraiment des puces !
Et en posant devant ces monuments, je commençais à m'interroger sur le sens des photos de voyage.
À QUOI RIMAIT CETTE NÉCESSITÉ DE FIXER LA CAMÉRA, **UN SOURIRE FIGÉ AUX LÈVRES, EN FAISANT LE V DE LA VICTOIRE ?**
me semblait en préserver toute l'authenticité,
davantage que n'importe quelle photo.
LONEL

Le dernier site que j'ai visité était le fameux

ROCHER HISTORIQUE

sur lequel Napoléon s'était soulagé la vessie.

Je n'en saisirais les tenants et les aboutissants que plus tard, mais si l'urine semblait aussi récente, c'était grâce à l'attaché à la conservation du monument.

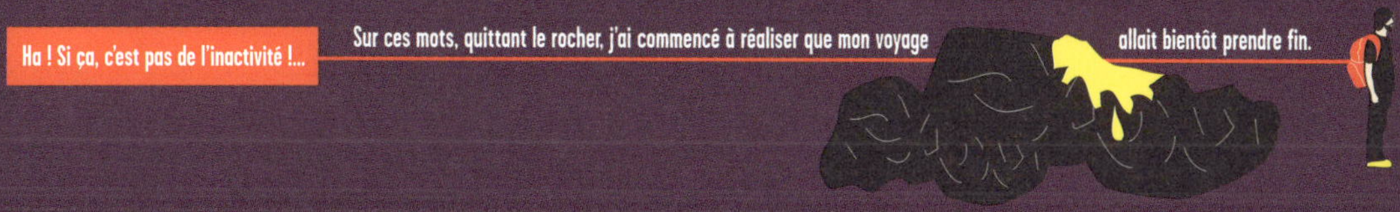
Ha ! Si ça, c'est pas de l'inactivité !...
Sur ces mots, quittant le rocher, j'ai commencé à réaliser que mon voyage
allait bientôt prendre fin.

Sur le chemin du retour à Hong Kong, les mots du conservateur ont longtemps résonné dans ma tête.
C'est mon boulot.
C'est mon boulot
C'est mon boulot
C'est mon boulot
C'est mon boulot
C'est mon boulot
C'est mon boulot
Pa, pa, pa, pa...
Et soudain j'ai eu comme un déclic...
J'AI EU ENVIE DE
RETOURNER AU BOULOT.
Flippant, non ?

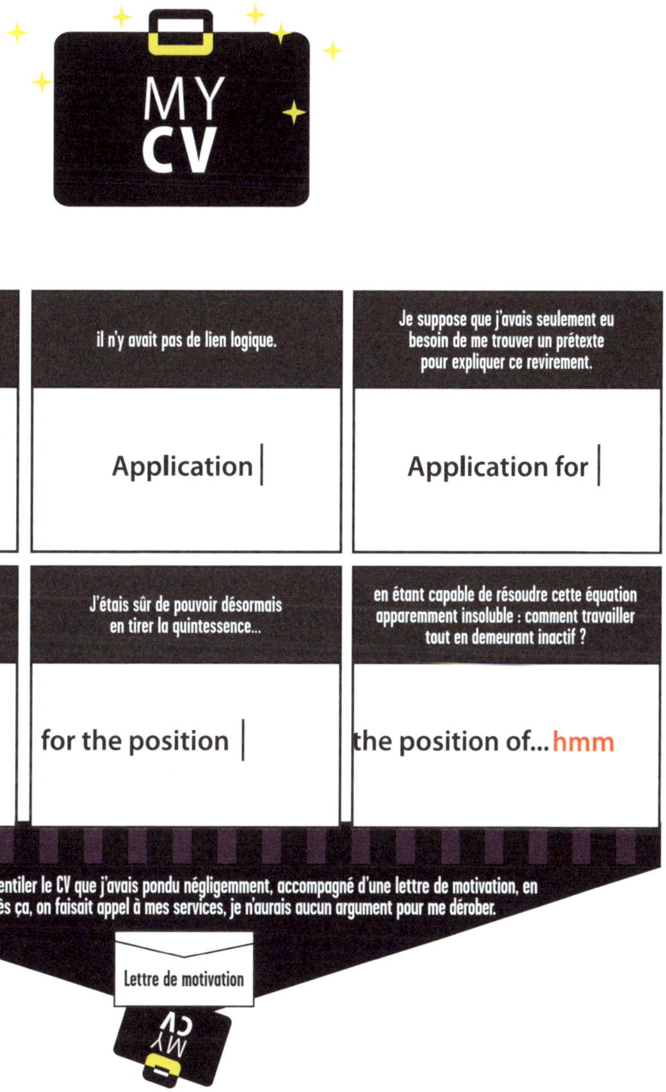
MY CV
Évidemment, entre cette révélation soudaine et le fait que j'étais allé pisser...
W
il n'y avait pas de lien logique.
Application
Je suppose que j'avais seulement eu besoin de me trouver un prétexte pour expliquer ce revirement.
Application for
Et en même temps, après presque un an passé à m'imposer mon programme d'inactivité...
plication for the
J'étais sûr de pouvoir désormais en tirer la quintessence...
for the position
en étant capable de résoudre cette équation apparemment insoluble : comment travailler tout en demeurant inactif ?
the position of...hmm
Finalement, j'ai décidé de ventiler le CV que j'avais pondu négligemment, accompagné d'une lettre de motivation, en me disant que si après ça, on faisait appel à mes services, je n'aurais aucun argument pour me dérober.
Lettre de motivation
MY CV

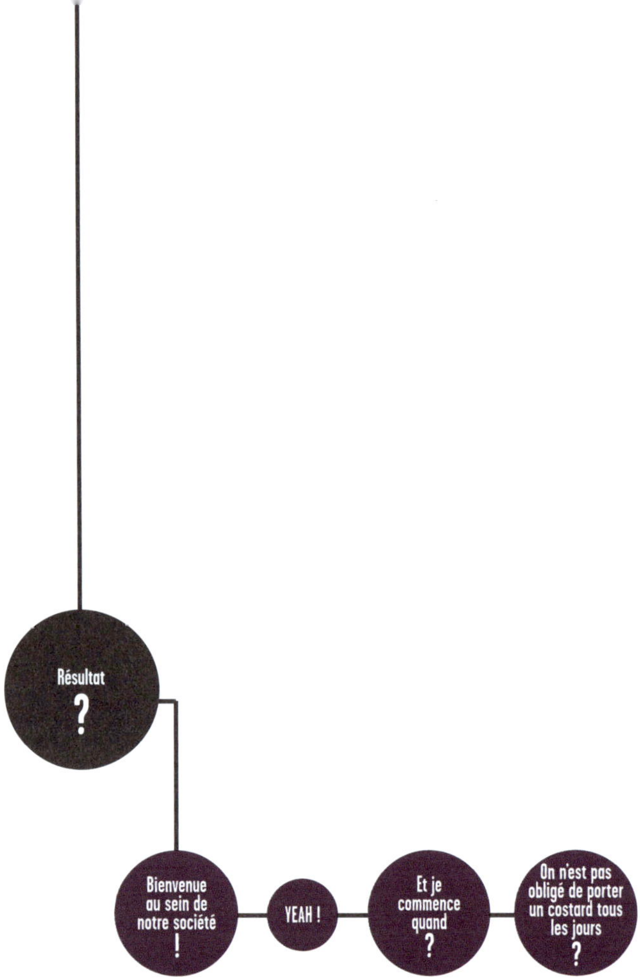
Résultat
?
Bienvenue au sein de notre société
!
YEAH !
Et je commence quand
?
On n'est pas obligé de porter un costard tous les jours
?

Ah oui, parce que j'ai oublié de vous en parler, mais les affaires de Shrimp fructifiant, il a fini par louer une échoppe dans Apliu Street*.
細蝦電訊 SHRIMP TELECOM
Je peux vous renseigner ?
Quant à moi, je suis devenu le 1er porte-drapeau de son empire des télécoms naissant.
De nouveau jeté sur le marché du travail, j'allais enfin pouvoir porter un costume impeccable,
jusqu'au prochain voyage en solitaire.
YOU ARE NOT ALONE
*Rue marchande de Kowloon abritant un marché aux puces spécialisé dans l'électronique

**L'éditeur remercie le Hong Kong Arts Centre (HKAC)
pour son soutien à la réalisation de ce livre.**

Le Hong Kong Arts Centre (HKAC) est un centre d'arts multidisciplinaires qui favorise les échanges locaux et internationaux, mettant en valeur les créations les plus prometteuses à Hong Kong d'une part, et les talents locaux à l'étranger d'autre part. HKAC stimule l'innovation et encourage la créativité. En tant qu'institution indépendante à but non lucratif, HKAC propose des expositions, des projections et des performances, reliant les arts de Hong Kong au reste du monde par le biais de programmes et de collaborations. Depuis 2006, HKAC se concentre sur la bande dessinée et l'animation en tant que forme d'art et a mis en œuvre la série d'expositions Comix Home Base (CHB) dédiée à la présentation d'œuvres de grande valeur artistique. En 2013, hébergé dans un bâtiment historique de Hong Kong, CHB devient un projet de communauté artistique dédié à la promotion de la bande dessinée et de l'animation par le biais d'expositions, de projets multiformes, d'échanges interculturels et de recherches.

Venez au HKAC pour vivre, apprécier, apprendre et vous inspirer des arts.

www.hkac.org.hk

Couverture et mise en page
Thierry Sestier/Mathieu Robert

Édition
Nicolas Finet et Thomas Bout

Le papier de cet ouvrage – Sappi Magno Natural 140 g – est composé de fibres naturelles, renouvelables, recyclables et fabriquées à partir de bois provenant de forêts gérées durablement.

Imprimé en Italie par Graphiche en février 2018